이 책은 2009년도 정부재원(교육과학기술부 인문사회연구역량강화사업비)으로 한국학술진흥재단의 지원을 받아 연구되었음(KRF-2009-322-A00093).

바람 받으며 비취빛 마름 당기고
달빛 좇아 푸른 다슬기 씻네

명대여성작가총서

발간에 부쳐…

2008년 9월 설립된·이화여자대학교 중국문화연구소는 기존 어문학 중심의 연구에서 벗어나, 세부적인 학문 영역에 국한되지 않는 포괄적이고 심도 있는 전문 중국학 연구의 구심점이 되기 위해 노력하고 있습니다. 폭넓은 시야와 안목을 가진 전문 인력을 확보하고 다양한 정보를 공유함으로써 새로운 방법론을 창안할 연구 공간으로의 역할을 모색하고 있습니다. 특히 지역학 및 지역문화 연구, 여성문학 연구, 학제 간 연구를 중심으로 한 차별화된 전략을 통해 학문적 국제경쟁력을 강화하고 있습니다. 또한 급변하는 동아시아 및 국제사회에 적극적으로 대처하기 위해 실용성을 추구하면서 한중양국의 문화 창달에 기여하고 있습니다.

2009년 7월부터 본 연구소 산하 '중국 여성 문화·문학 연구실'에서는 '명대 여성작가 작품 집성―해제, 주석 및 DB 구축'이라는 프로젝트를 수행하게 되었습니다(한국연구재단 2009년 기초연구과제 지원사업, KRF―2009―322―A00093).

곧 명대 여성문학 전 작품을 대상으로 자료를 수집하여 주석, 해제하고 이에 대한 데이터베이스 구축을 위해 방대한 분량의 원문을 입력하는 작업으로, 이미 상당 부분 진행되었습니다. 정리 작업을 진행하면서 중요 작가를 중심으로 작품의 성취가 높은 것을 선별해 일반 독자에게 알리기 위해 연구총서의 일환으로 이를 번역, 출판하게 되었습니다.

이와 같은 연구 성과는 한국·중국 고전문학 내지는 여성문학 연구의 중요한 토대를 마련할 뿐 아니라, 동서양의 수많은 여성문학 연구가들에게 편의를 제공하게 될 것입니다.

이화여자대학교 중국문화연구소
소장 이 종 진

출판 서

이화여자대학교 중국문화연구소는 한국연구재단의 지원 하에 「명대(明代) 여성작가(女性作家) 작품 집성(集成)―해제, 주석 및 DB 구축」이라는 과제를 수행하고 있습니다.

2009년 7월부터 시작된 본 과제는 명대 여성들이 지은 시(詩), 사(詞), 산곡(散曲), 산문(散文), 희곡(戱曲), 탄사(彈詞) 등의 원문을 수집 정리하여 DB로 구축하고 주석 해제하는 사업으로 3년에 걸쳐 진행됩니다. 연구원들은 각자의 전공에 따라 자료를 수집 정리해 장르별로 종합한 뒤 작품을 강독하면서 주석하고 해제하고 있습니다. 이런 과정에서 우수 작가와 작품을 선별하여 출간하는 것이 본 사업의 의의를 확대할 수 있다고 판단되어 연차별로 4~5권씩 번역 출간하는 계획을 수립하였습니다.

본 과제를 수행하는 데는 적지 않은 어려움이 따랐습니다. 첫째는 원 자료 수집의 어려움이었습니다. 북경, 상해, 남경의 도서관을 찾아다니면서 대여조차 힘든 귀중본을 베끼고, 복사하거나 촬영하는 수고로움을 마다하지 않았습니다.

둘째는 작품 주해와 번역의 어려움이었습니다. 전통시기의 여성 작가이기에 생애와 경력이 거의 알려지지 않은 경우가 대부분이어서 작품 배경을 살피기가 용이하지 않았습니다. 따라서 주해나 작품 해석에서 부딪치는 문제가 적지 않아 이를 해결하는 데 많은 수고가 따랐습니다.

셋째는 작가와 작품 선별의 어려움이었습니다. 명청대 여성 작가에 대한 자료의 수집, 정리는 중국에서도 이제 막 시작된 분야이기 때문에 연구의 축적 자체가 적은 편입니다. 게다가 중국 학계에서는 그나마 발굴된 여성 작가 가운데 명대(明代)에 대한 우국충정(憂國衷情)이 강한 작가를 높이 평가하고 있습니다. 그러나 작품의 가치를 평가할 때 우국충정만이 잣대가 될 수는 없을 것입니다. 연구원들은 기존 연구가 전무하거나 편협한 상황 하에서 수집된 자료 가운데 더욱 의미 있는 작품을 고르기 위해 작품을 다각적으로 분석하고 여러 번 통독하는 수고를 감내했습니다.

우리 5명의 연구원과 박사급 연구원은 본 과제를 수행하기 위해 끝이 보이지 않는 수고를 감내하였습니다. 매주 과도하게 할당된 과제를 성실히 수행했을 뿐만 아니라 출간 계획이 세워진 다음에는 매주 두세 차례 만나 번역과 해제를 면밀히 검토하였습니다. 출간에 즈음하여 필사본의 이체자(異體字) 및 오자(誤字) 문제의 자문에 응해주신 중국운문학회회장(中國韻文學會會長), 남경사대(南京師大) 종진진(鐘振振) 교수에게 감사드리며 아울러 윤독회에 빠지지 않고 참여해 주신 최일의 선생에게 심심한 감사를 전합니다.

본 작품집의 출간을 통해 이제껏 학계에서 간과되어 온 명대 여성작가와 작품들이 널리 알려져 명대문학이 새롭게 조명됨은 물론 명대 여성문학에 대한 평가가 새로워지길 바랍니다. 아울러 한중여성문학의 비교연구가 활발하게 시작되는 계기가 마련되길 기대합니다.

끝으로 본 기획의 가치를 높이 평가하고 쉽지 않은 출간에 선뜻 응해 준 '도서출판 사람들'에 깊은 감사를 표합니다.

2011년 2월

이화여자대학교 중국문화연구소
소장 이 종 진

역자서문

범곤정(范壺貞)은 시가에 능하였기에 종조부(從祖父)인 범윤림(范允臨, 1588-1641)[1]은 그녀 시의 성취를 높이 평가하며 『호승집(胡繩集)』 8권으로 묶어 냈다. 하지만 명(明)이 망하고 왕조가 바뀌면서 전화(戰禍)를 입어 『호승집』이 전해지지 않게 되자, 그녀의 증손 호유종(胡維鍾)이 『호승집』의 잔권(殘卷)을 모아 『호승집시초(胡繩集詩鈔)』 3권으로 묶어 청(淸), 건륭(乾隆)연간 출간함에 따라 그녀의 시가 전해지게 되었다. 그녀의 시는 종조모(從祖母)인 서원(徐媛, 1560?-1620)의 영향을 받았으나, 서원의 시와는 달리 쓰지 않고는 견딜 수 없는 순수한 정감으로 시가를 창작했기에 고유한 풍격을 드러낼 수 있었다. 하지만 그녀의 남편인 호란[胡蘭, 字 원생(畹生)]의 평생 사적을 살필 수 없는데다 전사(戰死)하였기에 그녀의 시가가 유명세를 타지 못한 듯하다.

한국연구재단의 "명대여성작가작품집성(明代女性作家作品集成)"이라는 토대연구를 수행하게 되어 그녀의 시를 주해하면서 그녀 시가의 특성과 성취를 탐구하게 된 것이 다행스럽기만 하다.

그녀는 단조로운 생활 속에서도 떠도는 남편이 돌아오기를 학수고대하는 수많은 시가를 썼을 뿐 아니라 절기에 대한 소회를 읊조렸으며 부도덕한 세태를 풍자하며 윤리관을 드러내는 다수의 시가를 남겼다. 특히 그녀는 불우한 가운데도 의롭고도 진솔한 삶의 가치를 추구하는

---

1) 范允臨: 明代의 官員으로 書画家이다 。字는 至之이며 호는 長倩, 長伯이라 하였다. 蘇州府 吳縣 사람으로 萬曆23년 進士가 되어 官이 福建參議에 이르렀다. 書画에 능하여 당시 陳繼儒와 명성을 나란히 하였다. 소주 天平山에 집을 짓고 歸去했으며 『轮廖馆集』이 있다. 北宋 范仲淹의 17世孫으로 부친은 范惟丕로 明, 嘉靖38년 (1559年) 進士에 들었고 光禄寺少卿으로 생을 마감하였다. 夫人 徐媛은 젊어서 書에 능했고 古文을 잘했다. 또한 시문에 능했으며 부부의 정이 깊어 唱和해 엮은 『낙위음(絡緯吟)』이 전한다.

시가를 남겼기에 남다른 성취를 거둘 수 있었다.

그녀의 생졸년을 살필 길이 없기에2) 그녀가 쓴 시의 주제와 내용을 정확하게 파악하기는 어려우나, 도리어 이러한 시가 내용을 근거로 그녀의 인생조우를 살펴볼 수 있다. 전하는 그녀의 시는 모두 176수로 고시(古詩) 58수, 율시 48수, 절구 70수가 이에 해당되는데 특히 고시에 대한 성취가 높다고 평가된다.

본 토대연구를 진행하면서 『호승집』을 번역하고 주해하게 된 배경을 소개하면 아래와 같다. 우선은 우리 과제의 작업양이 방대하여 3년 안에 이를 수행하는 일이 지난했기에 이를 돕는다는 뜻으로 이 작업을 착수하게 되었다. 그래서 대학원에 재학하는 보조연구원과 같이 매주 스터디를 한 것이 발단이 되어 초벌 원고를 만들게 되었고, 또 이를 확인 보완함으로써 확정고를 완성하게 되었다. 상해(上海)도서관에서 청(淸) 건륭(乾隆) 천유각(天遊閣) 각본(刻本)『호승집시초』3권을 구해 이를 타자하는 일이 용이치 않았던 점은 이체자가 많은데다 표점을 해야 하는 번거로움 때문이었다. 힘겨웠던 이런 작업은 물론 초벌 번역까지 해 낸 연구보조원에게 이 공간을 빌어 감사를 표한다.

이 시집은 전하는 범곤정의 작품을 전부 망라했기에 범곤정의 시가 세계를 폭넓게 파악할 수 있다. 독자들은 불우했던 여시인의 운명을 시가 창작으로 극복하면서 고귀한 삶의 가치를 실천 해냈고 아울러 고달픈 삶의 소중함을 일깨워 준 범씨에게 뜨거운 찬사를 보내지 않을 수 없을 것이다. 특히 봉건예교에 억매여 신고(辛苦)의 삶을 살면서 숭고한 유가의 덕을 실현한 범씨에게 경의(敬意)를 표하면서 동시에 현대적인 가치를 반사(反思)하게 될 것이다.

이 시집에 깊은 관심을 갖고 언제 출간되는 지를 늘 물어온 우리연구원과 보조연구원에게 감사를 표하며 흔쾌히 출판에 응해주신 이능표 사장님을 비롯한 편집진에게 고마운 마음을 전한다.

이 시집을 역으면서 기본 자료의 부족은 물론 범씨 일생을 파악할

---

2) 范壺貞의 생졸년은 알 수 없으나 從祖母인 徐媛(1560?-1620)의 생졸년으로 추산해 보면 범씨의 生年을 1600년 전후로 가늠할 수 있다.

길이 없었기에 해설에 객관성을 확보하기 어려웠다. 향후 범씨 생평(生平)에 대한 연구가 조속히 진행되어 작품 해설이나 감상이 보다 타당성을 보일 수 있기 바란다.

2013년 12월, 세모에

李 鍾 振

목 차

오언절구_34수

嘯園淸閟齋梅花盛開 其一 ‖ 소원의 청비재(淸閟齋)에 매화 만개하여 (제1수) ···· 16
嘯園淸閟齋梅花盛開 其二 ‖ 소원의 청비재(淸閟齋)에 매화 만개하여 (제2수) ····· 18
送藁砧入都 其一 ‖ 남편이 도성으로 들어가심을 전송하며 (제1수) ···················· 20
送藁砧入都 其二 ‖ 남편이 도성으로 들어가심을 전송하며 (제2수) ···················· 22
送藁砧入都 其三 ‖ 남편이 도성으로 들어가심을 전송하며 (제3수) ···················· 24
嘯園種豆 ‖ 소원에서 콩 심으며 ··· 26
晚坐嘯園天游閣 其一 ‖ 저물녘 소원 천유각에 앉아 (제 1수) ························· 28
晚坐嘯園天游閣 其二 ‖ 저물녘 소원 천유각에 앉아 (제 2수) ························· 30
晚坐嘯園天游閣 其三 ‖ 저물녘 소원 천유각에 앉아 (제 3수) ························· 32
秋怨 其一 ‖ 가을 원망 (제 1수) ·· 34
秋怨 其二 ‖ 가을 원망 (제2수) ··· 36
鐙下 ‖ 등불 아래에서 ·· 38
七夕病中 其一 ‖ 칠석 날 병중에 (제 1수) ··· 40
七夕病中 其二 ‖ 칠석날 병중에 (제 2수) ··· 42
嘯園天游閣晚眺 其一 ‖ 소원 천유각에서 저물녘에 바라보며 (제 1수) ·············· 44
嘯園天游閣晚眺 其二 ‖ 소원 천유각에서 저물녘에 바라보며 (제 2수) ·············· 46
嘯園潭上 ‖ 소원 못가에서 ·· 48
病懷 ‖ 병난 마음 ··· 50
寄藁砧 ‖ 서방님께 부쳐 ··· 52
坐嘯園寶晉齋 ‖ 소원 보진재에 앉아 ·· 54
獨坐 ‖ 홀로 앉아 ··· 56
題嘯園小有天 ‖ 소원의 "소유천"에 제사(題詞)하여 ··· 58
對月 ‖ 달 마주해 ··· 60

山徑 ‖ 산 속 오솔길 ··· 62

荷花 ‖ 연꽃 ·· 64

憂旱詞 ‖ 가뭄을 근심하는 노래 ·· 66

又題小有天 ‖ 또 소유천에 제사(題詞) 하여 ················ 68

九日 ‖ 중양절에 ··· 70

秋月 ‖ 가을 달 ··· 72

嘯園春水 ‖ 소원의 봄 물 ·· 74

春日偶成 ‖ 봄날 우연히 지어져 ·· 76

紅白荷花 ‖ 붉고 흰 연꽃 ··· 78

題天游閣 ‖ 천유각에 제사(題詞) 하여 ···························· 80

秋閨怨 ‖ 가을 규방의 한 ·· 82

칠언절구_36수

新晴 ‖ 막 날 개어 ··· 86

秋夜,倚嘯園樓西, 仰瞻雲漢斗轉星橫, 感慨成句. ‖ 가을밤 소원의 누대 서쪽에 기대어
    은하수의 북두성이 자리를 바꾸어 별이 가로놓임을 올려 보고, 감격해 사무쳐 절구
    되었기에 ··· 88

嘯園觀落照 ‖ 소원에서 석양 보며 ·· 90

悶懷 ‖ 답답한 마음 ··· 92

月下看梅花 ‖ 달 아래에서 매화꽃 보며 ··························· 94

雨中秋海棠 ‖ 빗속의 가을 해당화 ·· 96

戲貍 ‖ 살쾡이 희롱하며 ··· 98

聽歌 ‖ 노래 들으며 ·· 100

南郊 ‖ 남쪽 교외 ·· 102

戲贈鄰女 ‖ 놀이삼아 연정 품은 여인에게 주며 ····················· 104

鸚鵡 ‖ 앵무새 ·· 106

冬日, 同母氏舟泊吳門, 感賦 其一 ‖ 동짓날 모친과 소주에 배를 대고 느끼어 짓다 (제
  1수) ·· 108

冬日, 同母氏, 舟泊吳門, 感賦 其二 ‖ 동짓날 모친과 소주에 배를 대고 느끼어 짓다 (제
  2수) ·· 110

寒食 其一 ‖ 한식날 (제 1수) ·· 112

寒食 其二 ‖ 한식 (제 2수) ··· 114

養花 ‖ 꽃 가꾸며 ·· 116

鬪蟋蟀 ‖ 귀뚜라미 싸움 놀이 ·· 118

曉望 ‖ 동틀 무렵 멀리 바라보며 ··· 120

題梅竹 ‖ 매화와 대나무그림에 시 써 넣으며 ·························· 122

惜春 ‖ 가는 봄 아쉬워 ·· 124

嘯園芙蓉 ‖ 소원의 부용 ··· 126

簾靜窓虛, 梅花半開. 因展藁砧藏扇, 有相思. 一夜梅花發, 忽到窓前, 疑是君, 遂書二首
  寄之. 其一 ‖ 주렴 고요하고 창 텅 비었는데, 매화는 반쯤 피었다. 남편이 보관하던
  부채를 펼치니 그리움이 일었다. 한밤중에 매화꽃 피어 문득 창 앞에 이르니 바로 서방님
  인가 하여 마침내 2수를 부친다. (제 1수) ······························· 128

簾靜窓虛, 梅花半開. 因展藁砧藏扇, 有相思. 一夜梅花發, 忽到窓前, 疑是君, 遂書二首
  寄之. 其二 ‖ 주렴 고요하고 창 텅 비었는데, 매화가 반쯤 피었다. 남편이 보관하던
  부채를 펼치니 그리움이 일었다. 한밤중에 매화꽃 피어나 문득 창 앞에 이르니 바로
  서방님인가 하여 마침내 2수를 지어 부친다. (제 2수) ················· 130

雨後 ‖ 비 갠 후 ··· 132

步虛詞 ‖ 허공 걷는 신선의 노래 ··· 134

暑夜 ‖ 더운 여름 밤 ·· 136

品茶 ‖ 차 품명하며 ·· 138

瑞香花 ‖ 서향화 ·· 140

憶藁砧 ‖ 남편 떠올리며 ·· 142

然燭 ‖ 초 태우며 ·· 144

卷簾 ‖ 주렴 걷고 ·· 146

焚香 ‖ 향 피우며 ·· 148

鞦韆 ‖ 그네뛰기 ·· 150

學書 ‖ 붓글씨 배우며 ·· 152

梅花 ‖ 매화 ·· 154

美人對鏡 ‖ 미인이 거울을 마주해 ·· 156

범곤정의 시가 문학 ·· 158

오언절구_34수

복숭아꽃, 자두 꽃 곱다 해도
가을 서리는 편애치 않으려네

嘯園清閟齋梅花盛開3) 其一

月凍寒枝瘦, 香從夢裏回.
夜深人寂寂, 忽見弄珠來.4)

---

3) 嘯園(소원): 상해 송강구(松江區) 송강진(松江鎭) 구가만(邱家灣)에 있었던 명대 범
유일(范惟一, ?-1584)의 사저. 淸閟齋(청비재): 소원 안에 있는 재실(齋室).
4) 弄珠(농주): 구슬을 가지고 놀다. 유향(劉向)의 『열선전(列仙傳)·강비이녀(江妃二
女)』에 따르면 주대(周代) 정교보(鄭交甫)는 한고대(漢皐臺) 아래에서 두 여인을 만
나 패옥을 풀어 서로에게 주었다 한다. 이백(李白) 시 「현산회고(峴山懷古)」에서
"구슬 가지고 노니 노니는 여인 보이고, 술에 취하여 산공을 그리워하네(弄珠見遊
女, 醉酒懷山公)"라 하였다.

소원의 청비재(淸閟齋)에 매화 만개하여 (제 1수)

달 얼어 싸늘한 가지 야위니
향기는 꿈속 좇아 감도네.
밤 깊어 인기척 고요해지니
매화에 이슬 굴러옴이 문득 보이네.

嘯園淸閟齋梅花盛開 其二

冷光凝黛淺,5) 疎影拂衣香.6)
夜半鐘聲寂, 春雲生石房.7)

5) 冷光(냉광): 달빛. 당(唐) 이하(李賀)의 「이빙공후인(李憑箜篌引)」에서 "12문 앞으로
는 달빛이 녹아드니, 23현은 자황(도교 최고의 신선)을 감동시키네(十二門前融冷光,
二十三絲動紫皇)"라 하였다.
6) 疎影(소영): 성긴 그림자. 여기에서는 매화를 가리킨다.
7) 石房(석방): 돌로 단을 세워 만든 집. 승려나 은자가 거처하는 곳을 말한다.

소원의 청비재(淸閟齋)에 매화 만개하여 (제 2수)

달빛은 눈썹먹에 엉겨 옅은데
매화는 옷에 스치니 향기 내네.
한밤중 종소리 고요하여
봄 구름 석방에서 이네.

【해제】 이 2수는 달빛 아래 활짝 핀 청비재 매화의 정취를 썼다. 제 1수는 차가운 밤 매화 향기 속에 이슬 구르는 모습으로 적막과 그리움을 함축한 뒤, 달 밝고 매화 만개한 모습으로 더욱 커지는 주인공의 외로움을 부각시켰다. 제 2수는 달 빛에 비치는 매화는 정취를 더하여 옷에 스치자 매화 향기 냄을 썼다. 이는 바로 시인의 우아한 생활 묘사로, 한 밤중 들리는 종소리는 은자처럼 지내는 시인의 모습에 신비로운 색채를 더할 수 있었다.

送藁砧8)入都 其一

君去長安遠, 深閨秋色哀.
寂寥南北路,9) 悵望獨登臺.

8) 藁砧(고침): 고침(藁砧)이라고도 쓴다. 고대(古代)의 사형 집행 시에, 죄인이 짚을 깔
　　고 앉아 다듬잇돌 위에 엎드리면 도끼(鈇)를 사용해 목을 베었다. 부(鈇)는 부(夫)
　　와 독음이 같기에, 후에 고침(藁砧)은 부녀자가 남편을 칭하는 은어가 되었다.
9) 寂寥(적료): 적막하다. 아득하다.

남편이 도성으로 들어가심을 전송하며 (제 1수)

그대 멀리 장안으로 떠나시니
깊은 규방 여인 가을빛에 슬퍼지네요!
아득히 남북으로 뻗은 길
슬프게 바라보려고 홀로 언덕에 올랐네요!

送藁砧入都 其二

林皐鳴急雨, 落葉滿征衣.[10]
相顧遲回久, 相悲淚暗揮.

남편이 도성으로 들어가심을 전송하며 (제 2수)

숲 언덕에 세찬 빗소리 울리는데
낙엽은 길 떠나는 이 옷에 가득하네.
서로 돌아보며 지체함은 오래 있다 돌아와서라
서로 슬퍼하며 남 몰래 눈물 훔치네.

送藁砧入都 其三

朔雲悲去馬,[11] 慘月爲誰開.
從此分携去,[12] 天涯信早回.[13]

11) 朔雲(삭운): 북방의 운무(雲霧).
12) 分携(분휴): 잡은 손을 놓다. 이별하다.
13) 天涯(천애): 하늘가. 매우 먼 곳을 가리킴.

남편이 도성으로 들어가심을 전송하며 (제 3수)

북방의 운무는 떠나는 말을 슬프게 하는데
애처로운 달은 누구 위해 떴나?
여기서 손 놓고 떠나가시지만
먼 곳에 계신 임 소식 일찍 왔으면!

【해제】 이 3수는 남편을 전송하는 모습을 시차에 따라 읊었다. 제 1수는 남편을
전송하려고 언덕에 오름을 그렸고, 제 2수는 언덕에 올라 서로 헤어지기 힘든
모습을 그렸다. 제 3수는 헤어질 때 임 소식이 일찍 전해오기를 바라는 소망을
술회하면서 북방의 운무와 애처롭게 뜬 달로 이별의 상심을 부쳐 내었다.

嘯園種豆

花氣入簾櫳, 虛簷曉日紅.
繡窓無個事, 嬉戲學村農.[14]

---

14) 嬉戲(희희): 재미삼아 하다. 즐기다.

소원에서 콩 심으며

꽃기운 창가 주렴으로 들어오고
고요한 처마엔 새벽 해 붉네.
수놓인 창가에 아무 일 없어
재미삼아 농사일 배워 보네.

【해제】소원 생활이 한가하여 콩 심는 일로 농사를 배우려는 뜻을 읊었다. 싱그러운 봄이 되었기에 그 기대를 농사 배우는 일에 걸어보는 여유를 보였다.

晩坐嘯園天游閣15) 其一

雨後新潮上, 沙明落照空.16)
殷勤寄芳思, 樓外一疎桐.

---

15) 天游閣(천유각): 화정[華亭, 지금의 상해 송강(松江)] 소원(嘯園) 경내에 있는 누각
   명으로 강이 보이는 곳에 자리함을 알 수 있다. 상세한 주위환경은 살필 길이 없
   다.
16) 공(空): 한량없다. 드넓다.

저물녘 소원 천유각에 앉아 (제 1수)

비온 후 새로 불어난 조숫물 올라오니
모래는 환해지고 지는 해 한량없어
향 그런 마음을 은근히
누대 저편 성긴 오동 한 그루에 부치네.

晚坐嘯園天游閣 其二

高閣俯晴虹,17) 蘋香散晚風.
好懷何所託, 明月蹔相同.18)

17) 晴虹(청홍): 등(燈)의 이칭(異稱).
18) 蹔(잠): 잠(暫)과 같다.

저물녘 소원 천유각에 앉아 (제 2수)

높은 누각에서 등불 굽어보는데
백빈 향기는 저녁 바람에 흩어지네.
좋은 감회 어떻게 부치나!
밝은 달과 잠시 하나 되네.

晚坐嘯園天游閣 其三

簾映花間月, 天空秋水寬.[19)
樓臺虛夜色, 離思眇無端.[20)

---

19) 寬(관): 넓고 광활하다.
20) 眇(묘): '묘(渺)'와 통하여 '멀다'의 뜻이다. 無端(무단): 끝없음. 실없이.

저물녘 소원 천유각에 앉아 (제 3수)

주렴엔 꽃 사이로 뜬 달 비치는데
하늘은 드넓고 가을 강물 광활하네.
누대는 밤빛 속에 허전해지니
이별의 그리움 아득해져 끝없네.

【해제】 이 3수는 저물녘 천유각에 앉아 님을 그리는 심경을 읊었다. 제 1수에서
는 비 온 뒤의 쓸쓸함을 썼고, 제 2수에서는 지난 날 부부로 한 마음 이루었던
흥취를 함축했고, 제 3수에서는 이별의 그리움을 술회하였다. 제1, 2수에서는
성긴 오동, 밝은 달로 화자의 심경을 드러냈고, 제 3수에서는 경물로 그리움을
기탁하였다.

秋怨 其一

衰草迷征路, 飢烏啼暮林.
閨中年少婦, 淚滴紫羅衾.

가을 원망 (제 1수)

시든 풀은 갈 길 찾지 못하게 하는데
주린 까마귀 해 저문 숲에서 우니
규방의 젊은 아낙
자주 빛 비단 이불에 눈물 떨구네!

秋怨 其二

沙暗悲戎馬,²¹⁾ 霜寒念藁砧.
可憐一片月, 不照塞垣心.²²⁾

21) 戎馬(융마): 호마(胡馬)로, 북방에서 나는 말.
22) 塞垣(새원): 한대(漢代)에 선비족(鮮卑族)을 막으려고 세운 변새(邊塞)로, 후에는 장
   성(長城)이나 변방이란 뜻이 되었다.

가을 원망 (제2수)

모래 어두워져 호마를 슬프게 하는데
서리 차가워지니 서방님 생각나네.
조각 달 가련케도
변새에 계신 임의 마음 비추지 않네!

【해제】이 2수는 가을 날 임을 그리는 여인의 심경을 읊은 연작시이다. 제 1수는 저물녘에 먼 곳에 계신 임을 그리워하는 모습을 그렸고, 제 2수는 임을 그리는 심경을 술회하였다. 날 추워져 말조차도 고향을 그리워하거늘 변새에 계신 임이야 오죽하랴! 하지만 조각 달 조차도 그런 임의 마음을 비추지 않으니 시인의 애절함은 더할 나위 없다.

鐙下

栖栖鐙影下,[23] 辛苦獨含悲.
桃李雖云艶, 秋霜不肯私.[24]

23) 栖栖(서서): '서서(棲棲)'로, 쓸쓸하고 외로운 모양임.
24) 私(사): 편애하다. 총애하다.

등불 아래에서

쓸쓸한 등불 그림자 아래에서
괴로워하며 홀로 슬픔 머금었네.
복숭아꽃, 자두 꽃 곱다 해도
가을 서리는 편애치 않으려네.

【해제】 가을날 등불 그림자 아래에서 외로움 속에 늙어 감을 읊었다. 쓸쓸한 등
불 아래에서 자신의 외로운 처지를 한탄한 뒤, 아름다운 자신도 결국 나이를 먹
게 되면 더욱 외로워 질 것을 예견하였다.

七夕病中 其一

涼雨晚來過, 淸陰在薜蘿.25)
穿針諸女伴,26) 寂寞奈儂何.

---

25) 淸陰(청음): 환하고 어두운 기운. 음양. 薜蘿(벽라): '라벽(蘿薜)'으로, 나무에 기생하
는 풀. 고대에 시집간 여인은 남편에 의지해 살았기에 아녀자를 뜻했다.
26) 穿針(천침): 실을 바늘구멍에 꿰. 칠석날 실을 바늘구멍에 꿰면 직녀로부터 솜씨를
배울 수 있다 함.

칠석 날 병중에 (제 1수)

차가운 비 저물녘에 지나가니
환했다 어두워지는 기운 벽라에 드러나네.
바늘에 실 꿰는 재주 뽐내는 여인들과 짝했건만
적막키만 하니 너를 어찌하나?

七夕病中 其二

婢子依鐙語，誰家子夜歌.
可憐猶伏枕，無意問明河.27)

---

27) 問(문): 살피다. 明河(명하): 은하수.

칠석날 병중에 (제 2수)

시녀는 등불에 기대어
누군가의 집에서 「자야가」 부른다고 말하네.
애처롭구나! 여전히 베갯머리에 엎드려
무심히 은하수 살핌이!

【해제】 이 2수는 칠석날 외로운 심경을 썼다. 제 1수는 칠석날 병난 채 결교(乞巧)에 참여했으나 쓸쓸하여 흥이 나지 않음을 술회하였다. 제 2수는 어느 집 여인이 「자야가」 부르며 사랑을 찾기에 시인도 밤늦도록 잠 못 든 채 견우와 직녀가 만났는지를 살피는 것으로 자신의 외로움을 우의하였다.

嘯園天游閣晚眺 其一

登樓試延望,[28] 望極起悲歌.
遠近寒林外,[29] 淒風吹斷柯.

---

28) 延望(연망): 목을 빼고 멀리 바라보다.
29) 遠近(원근): 부근

소원 천유각에서 저물녘에 바라보며 (제 1수)

누대에 올라 목 빼고 멀리 바라봄에
끝까지 보니 슬픈 노래이네.
차가운 숲 저편 부근에서는
싸늘한 바람 불어 가지를 꺾네.

嘯園天游閣晩眺 其二

長空寒霧斂, 疎樹晩鴉過.
回首西原上, 蒼茫夕照多.30)

---

30) 蒼茫(창망): 끝없다.

소원 천유각에서 저물녘에 바라보며 (제 2수)

광활한 하늘에 차가운 안개 거치고
성긴 숲엔 저물녘 갈 까마귀 지나가네.
서쪽 평원 위로 고개 돌리니
끝없는 석양 빛 짙네.

【해제】 이 2수는 저물녘 소원 천유각에서 바라본 쓸쓸한 경상으로 외로운 감회를 부쳤다. 제 1수는 바람 부는 숲이 싸늘해져 이는 서글픔을 묘사했고, 제 2수는 광활한 늦가을 하늘과 노을 진 경색(景色)으로 시인의 고독감을 함축하였다.

嘯園潭上

夙有圖書癖,³¹⁾ 丹鉛日校讐.³²⁾
偶尋潭上路, 風颭白蘋秋.³³⁾

31) 夙(숙): 일찍이. 예로부터.
32) 丹鉛(단연): 글을 교정할 때 쓰는 붉은 먹. 교정하는 일을 비유한다. 校讐(교수): 교
   정하다. 견주어 바로잡다.
33) 颭(점): 바람 살랑이다. 물결 일다. 白蘋(백빈): 물위의 부평초.

소원 못가에서

일찍부터 책 좋아하는 버릇 있어
붉은 먹으로 날마다 교정하네.
우연히 못가 길 찾으니
바람이 부평초 살랑이게 하는 가을 일세.

【해제】 소원에서 책 읽던 습관을 읊었다. 책 교정하며 몰두해 읽다가 무심히 못
가에 이르니 가을이 온 것을 제기해 절기 변화의 빠름과 을씨년스러운 추경(秋
景)을 실감케 하였다.

病懷

灌木悲陰雨,³⁴⁾ 秋來人自閒.
檢方諳藥性,³⁵⁾ 落日掩柴關.³⁶⁾

---

34) 灌木(관목): 키가 작고 가지 우거져 덤불을 이루는 나무. 陰雨(음우): 음산하게 내리
   는 비. 오래 내리는 궂은비.
35) 藥性(약성): 약의 성질이나 효능.
36) 柴關(시관): 사립문.

병난 마음

관목도 궂은 비를 슬퍼하는데
가을오니 사람들 절로 한가해지네.
처방을 점검하며 약 기운 알아보다가
해 저물어 사립문 닫았네.

【해제】 병난 때의 무료를 읊었다. 가을비 내리는데 와병 중이라 약 처방을 점검
하다 보니 날은 저물어 사립문 닫음을 썼다. 자신의 허전한 마음을 키 작은 관목
에 비유하고는, 사립문 닫는 것으로 온 종일 찾아오는 이 없음을 형상해 시인의
외로움을 드러냈다.

寄藁砧

驚聞別鶴操,37) 恨斷彩鸞音.38)
魂逐燕臺路,39) 孤雲獨去深.40)

---

37) 別鶴操(별학조): 악부(樂府) 금곡(琴曲)의 이름으로, 남편과 아내가 서로 헤어짐을
슬퍼한 곡이다. 진(晉) 최표(崔豹)의 『고금주(古今注)』 중권에서 "「별학조(別鶴操)」
는 상릉(商陵)의 목동이 지었다고 하였다. 아내를 얻은 지 5년이 되었으나 자식이
없자, 부형은 그를 위해 새 아내를 얻으려 하였다. 아내가 이를 듣고, 밤중에 일어
나 문에 기대어 슬프게 흐느꼈다. 목동이 이를 듣고 슬퍼하며 노래하길 '비익조(比
翼鳥)가 이별해 하늘 끝으로 멀어져야 하니, 산천은 아득하고 길은 멀고도 멀어,
옷자락 거머쥔 채 잠들지 못하고 밥 먹음도 잊었네.'라 하였다. 후인들은 이 때문
에 이를 악장으로 삼았다.(「別鶴操」, 商陵牧子所作也. 娶妻五年而無子, 父兄將爲之
改娶. 妻聞之, 中夜起, 倚戶而悲嘯. 牧子聞之, 愴然而悲, 乃歌曰: '將乖比翼隔天端,
山川悠遠路漫漫, 攬衣不寢食忘餐!' 後人因爲樂章焉)"라 하였다.
38) 彩鸞音(채난음): 난새가 우는 소리. 듣기 좋은 소리 혹은 좋은 소식을 비유한다.
39) 燕臺(연대): 연(燕) 소왕(昭王)이 지은 황금 누대로, 하북성(河北省) 역현(易縣) 동남
쪽에 있었다. 연 소왕은 이 누대를 지어 천하의 현인을 모으려했기에, 현사대(賢士
臺)라고도 한다. 또는 군대의 막부.
40) 深(심): (시간이) 오래되다.

서방님께 부쳐

「별학조」곡을 놀라 듣고는
기쁜 소식 끊임을 한했지!
연대 길로 서방님 넋 좇건만
외로운 구름 홀로 떠 간지 오랠세.

坐嘯園寶晉齋

啼樹鸎初曉, 侵窓雨正深.
綠迷芳草細, 靑合遠山陰.

소원 보진재에 앉아

나무의 꾀꼬리 울어 날 막 밝는데
창으로 스미는 비 때마침 세차네.
녹색에 미혹된 방초는 가녀린데
푸른 빛 합쳐지니 먼 산 그늘지네.

【해제】 봄 풍경을 바라보며 이는 외로움을 읊었다. 비 내리는 초봄 날 개며 먼
산에 그늘지는 모습을 부각시켜 춘수(春愁)를 드러냈다.

獨坐

秋野急寒砧, 蕭蕭萬木深.[41]
誰知此時恨, 明月是知心.[42]

---

41) 蕭蕭(소소): 쓸쓸하다. 적막하다. 深(심): 무성하다. 우거지다.
42) 知心(지심): 마음을 알아주는 이.

홀로 앉아

가을 들은 차가운 다듬이질 서둘게 하는데
쏴쏴 거리는 온갖 나무는 무성하네.
이때의 한을 누가 알려나?
밝은 달만 바로 이 마음 안다네!

【해제】 가을날의 외로움을 읊었다. 가을 저녁 홀로 앉았으니 다듬이소리와 온갖
나무의 쓸쓸한 소리만 들려, 심란해지는 마음에 한(恨)만 이는데, 이 마음 알아
주는 것은 달뿐이다. 임도 달을 보고 있어서일 것이다.

題嘯園小有天43)

小築俯平陰,44) 憑闌對遠岑.
檐虛輕霧斂,45) 幔卷落花深.46)

43) 小有天(소유천): 도가(道家)에서 신선이 사는 곳. 이곳은 본래 하남성(河南省) 제원
    현(濟源縣) 서쪽 왕옥산(王屋山)에 있다고 한다.
44) 小築(소축): 조용한 곳에 지은 비교적 작은 집. 소유천(小有天)을 말함. 平陰(평음):
    평평하게 그늘진 땅. 대체로 산동성(山東省) 제남시(濟南市) 장청구(長淸區) 효리진
    (孝里鎭)지역을 말하는데 제(齊) 장성(長成)의 기점임. 제(齊) 양공(襄公) 15년(B.C
    558)에 노(魯)나라를 침략해 진(晉)나라와 치룬 전장으로 제(齊)가 대패하자, 『손자
    병법(孫子兵法)』이 쓰이게 되었다.
45) 虛(허): 고요하다.
46) 深(심): 많다. 넉넉하다.

소원의 "소유천"에 제사(題詞)47)하여

작은집 소유천은 평평히 그늘진 땅 굽어보는데
난간에 기대니 먼 산봉우리 마주하네.
처마 고요하고 옅은 안개 걷혀
휘장 걷으니 진 꽃 많기도 해라!

【해제】소유천 벽에 제사(題詞)한 시이다. 늦봄 소유천의 주위 환경을 원경과 근
경에 따라 형상함에 근경(近景)으로 소유천의 도교적 색채를 부각시켰다.

47) 題詞(제사): 서문이나 기념을 위해 쓰는 격려의 글. 또는 그림에 써 넣는 간단한 글.

對月

不見淸光久,⁴⁸⁾ 俄驚及早春.⁴⁹⁾
如何香閣寂,⁵⁰⁾ 翻使妾愁新.⁵¹⁾

48) 淸光(청광): 해나 달의 밝은 빛.
49) 俄(아): 갑자기. 문득. 早春(조춘): 초춘(初春). 음력 정월(正月)을 이름.
50) 香閣(향각): 젊은 여인이 거처하는 곳.
51) 翻(번): 도리어.

달 마주해

밝은 달 빛 못 본지 오래 되니
정월 온 것에 문득 놀라네요.
어쩌자고 젊은 여인의 방 적막케 해
제 수심 되려 새롭게 하나요?

【해제】 음력 정월을 홀로 맞는 서글픔을 썼다. 정월달이 젊은 여인의 방을 비추
니 그 수심은 지난해의 수심을 더욱 새롭게 한다. "향각적(香閣寂)"은 달이 외로
운 규방을 비친 묘사로 깊은 우수를 드러냈다.

山徑

雨氣斂滄洲,[52] 春光入畫樓.
花深山徑轉,[53] 簾卷野雲流.[54]

52) 雨氣(우기): 축축한 공기. 물기. 滄洲(창주): 물가. 은사의 거처를 비유한다.
53) 深(심): 무성하다. 우거지다.
54) 野(야): 제멋대로 하다.

산 속 오솔길

물기 물가에서 거치니
봄빛은 단장한 누대로 들어오네.
꽃 무성하고 산길 굽이도는데
주렴 걷으니 정처 없는 구름 떠가네.

【해제】봄날 누대에서 바라 본 산길의 한적한 풍경을 읊었다. 봄비 그친 뒤 꽃 무성한 가운데 오솔길 위로 정처 없이 떠가는 구름에 시선을 모아 시인의 외로움을 드러내었다.

荷花

五月溫風起, 荷花映湖水.
屬玉胡爲來,[55] 獨立紅香裏.

---

55) 屬玉(촉옥): 물새 이름. 백로의 일종으로, 촉옥(鸀鳿)이라고도 한다. 胡爲(호위): 어
째서. 왜.

연꽃

5월의 따스한 바람 일고
연꽃은 호수 물에 비치는데
촉옥새 어찌해 날아와
붉은 꽃향기 속에 홀로 섰나!

【해제】 봄날 호수 가득히 핀 연꽃에 촉옥새가 홀로 날아온 모습을 읊었다. 호수
의 푸른빛과 물새의 흰빛으로 붉은 연꽃의 이미지를 선명히 한 뒤, 촉옥새가 연
꽃에 날아온 현상을 부각시켜 임 그리는 마음과 외로움을 부쳐냈다.

憂旱詞

赤日無南北,[56] 見土不見麥.
垂垂盡枯死,[57] 雖靑不盈尺.

56) 赤日(적일): 작열하는 태양. 당대(唐代) 두보(杜甫)는 「만청(晚晴)」시에서 "남쪽 하늘
에 한 달 걸쳤던 짙은 안개 걷히니, 붉은 태양의 밝은 빛 서쪽에서 비쳐오네(南天
三旬苦霧開, 赤日照耀從西來)"라 하였다.
57) 垂垂(수수): 낮게 드리운 모양.

가뭄을 근심하는 노래

작열하는 태양은 남북을 가리지 않으니
땅은 보여도 보리는 보이지 않네.
축 늘어져 모두 말라 죽어 가니
푸른빛이라 해도 한 자도 안 되네.

【해제】 가뭄 들어 애타는 심경을 읊었다. 농작물이 말라가는 현상을 꾸밈없이
있는 그대로 직접 묘사하였기에 생동감이 넘친다.

又題小有天58)

湖山八九椽,59) 聊以屋爲舡.
有路疑秋泛, 無聲攪夜眠.60)

58) 小有天(소유천): 본서 주.43) 참조
59) 湖山(호산): 호수와 연이어진 산. 八九椽(팔구연): 팔구 칸짜리 작은 집. 두보(杜甫)
   시 「秋日夔府咏懷奉寄鄭監李賓客一百韵」에 "모옥은 여덟아홉 칸(茅齋八九椽)"이라
   는 구절이 있다.
60) 攪眠(교면): 잠을 방해하다.

또 소유천에 제사(題詞) 하여

호수에 잇댄 산 속의 여덟, 아홉 칸 집이라
그런대로 집을 배로 삼았네.
길 있어 가을이 떠있는 듯한데
소리 없으니 밤잠을 설치네.

【해제】소유천의 주위환경 묘사 속에 자연을 벗 삼아 지내는 고즈넉한 정취를
읊었다. 밤잠을 못 이룰 정도로 아름다운 가을 산과 호수에 매료된 주인공의 모
습을 그려 그 풍광이 선계(仙界)와 같음을 엿보게 하였다.

九日 61)

西軒納晚涼, 風日愛重陽. 62)
雨積菊猶綠, 霜遲橘未黃.

61) 九日(구일): 음력 9월 9일 중양절(重陽節).
62) 風日(풍일): 날씨. 기후. 이백(李白) 「궁중행락사(宮中行樂詞)」의 여덟째 수: "오늘 아침 날씨 좋으니, 응당 미앙궁에 들어가 놀아야지!(今朝風日好, 宜入未央游)" 라는 구절이 보인다.

중양절에

서쪽 난간에서 서늘한 저물녘 바람 맞는데
기후가 중양절을 아껴선지
비 줄곧 내리니 국화 여전히 푸르고
서리는 늦어져 귤 아직 익지 않았네.

【해제】 난간에서 바라 본 중양절의 풍광을 그렸다. 기후가 중양절을 아낀다는
표현으로 가을이 오래도록 머물기를 바라는 소망을 곧장 드러냈다.

秋月

樓前月正明，樓上雨初晴.
照我雙吟鬢，懷人萬里情.

가을 달

누대 앞으로 달 막 밝아짐은
누대 위로 비 갓 개어 선데
읊조리는 나의 양쪽 귀밑머리 비추니
만 리 떨어진 임의 정 그리워지네.

【해제】 비 개인 뒤 영롱한 가을 달빛으로 임을 그리는 마음이 밀려옴을 읊었다.
누대위의 가을 달은 만 리 떨어져 계신 임도 비추기에, 그 그리움은 달 빛 따라
만 리 멀리까지 이르게 됨을 암시하였다. 제 3, 4구는 두보(712-770) 「월야(月
夜)」시 중의 "향 그런 운무는 치렁거리는 쪽 머리 적셨고 맑은 달빛 옥 같은 팔
차갑게 비추리! 어느 때 달 비친 휘장에 기댄 채, 두 사람 비추는 달로 생긴 눈물
자욱 마르게 될까!(香霧雲鬟濕, 清輝玉臂寒. 何時倚虛幌, 雙照淚痕乾)"와 그 의경
이 유사하다.

嘯園春水63)

一曲接銀河, 春園新漲多.
受風牽翠荇, 隨月浴靑螺.

---

63) 春水(춘수) : 봄물. 봄철에 눈이나 얼음이 녹아 흐르는 물. 봄 강물.

소원의 봄 물

굽이져 흐르는 봄 물 은하수와 이어지니
봄 정원엔 새롭게 불어난 물 많아졌네.
바람 받으며 비취빛 마름 당기고
달빛 좇아 푸른 다슬기 씻네.

【해제】 소원에 불어난 강물이 실어온 봄의 정취를 읊었다. 강물이 불어난 모습을
은하수와 맞닿았다고 제기하고, 그곳이 선계임을 "견취행(牽翠荇)"과 "욕청라(浴
青螺)"로 형상하였다. 이로써 소원이 선계(仙界)임을 느끼게 하였다.

春日偶成64)

飛飛花映窓,65) 恰恰柳隨䉤.66)
幽竹靑千個, 輕鷗白一雙.

64) 偶成(우성): 우연히 지어지다. 시(詩)와 사(詞)의 제목으로 자주 쓰인다.
65) 飛飛(비비): 흩날리는 모양.
66) 恰恰(흡흡): 융화된 모습. 때맞추어.

봄날 우연히 지어져

흩날리는 꽃 창문에 비치고
어우러진 버들 배를 쫓네.
그윽한 대 푸르러져 수 없이 많은데
사뿐히 나는 갈매기 짝지어 흰빛이네.

【해제】 봄날의 한가로운 풍광을 읊었다. "비비(飛飛)"·"흡흡(恰恰)"과 같은 첩자
로 생동감을 배가시켰으며, "청(靑)"·"백(白)"과 같은 색채 대비로 봄빛의 명미
(明媚)함을 부각시켰다.

紅白荷花

新妝扇底歌, 無力舞婆娑.(67)
西子容偏媚, 秋娘鬢已皤.(68)

67) 婆娑(파사): 자태가 우아하고 아름다움을 형용한다.
68) 秋娘(추랑) : 당대(唐代) 기녀나 여배우의 통칭함. 당대 금릉의 여인 두추랑(杜秋娘)
   이 입궁하여 헌종(憲宗)의 총애를 받았다. 매미를 지칭하기도 한다. 皤(파): 머리가
   하얗게 세다.

붉고 흰 연꽃

새 단장하고 부채 잎 아래에서 노래하며
힘없이 춤추니 곱고도 우아해라!
서시 얼굴이라 유독 아리땁건만
두추랑 귀밑머리 이미 희게 세었어라!

【해제】 붉고 흰 연꽃이 연잎 아래에서 흔들리는 우아한 형상을 읊었다. 붉은 연꽃을 서시의 얼굴로, 흰 연꽃을 두추랑의 귀밑머리로 비유함으로써 붉은 연꽃에 대한 흠모의 정을 드러냈다.

題天游閣

何須秉燭游, 明月共觥籌.[69]
丹桂婆娑影,[70] 金莖沆瀣秋.[71]

---

69) 觥籌(굉주): 주기(酒器)와 벌주 잔을 세는 산가지. 여기서는 술자리를 의미한다.
70) 丹桂(단계): 달 속의 계수나무.
71) 金莖(금경): 승로반(承露盤). 沆瀣(항해): 이슬.

천유각에 제사(題詞) 하여

촛불 잡고 노니
밝은 달이라 해 어찌 술자리 벌려야 하나!
달 속 계수나무 고운 그림자 드리우니
승로반에 이슬 내리는 가을일세!

【해제】 가을날 달밤에 노니는 운치를 읊었다. 달빛 비추는 가을밤은 술자리를
벌이지 않아도 정취가 넘침을 일깨웠다. 송 임포(林逋, 967-1028)의 명작「매화」
끝구는 "박자 맞추며 술자리 벌릴 것까지야!(不須檀板共金樽)"라 하였다.

秋閨怨

深閨秋已闌, 千里隔長安.
怨殺西風鴈, 年來只送寒.[72]

72) 年來(연래): 여러 해 전부터.

가을 규방의 한

깊은 규방으로 가을 다 하니
장안과 천리 멀리 떨어졌네.
가을바람 쫓는 기러기 한없이 원망스러움은
여러 해 전부터 추위만 보내와 서지!

【해제】 가을 날 떠나간 임에 대한 한(恨)을 읊었다. 소식 한 자 없는 임에 대한
원망을 기러기에게 대신 풀어냄으로써 한스러운 마음을 더욱 곡진히 드러냈다.

칠언절구_36수

살구꽃 시드니 꾀꼬리 울음 더듬거리고
보리밭으로 바람 살랑이니 꿩이 우네.

新晴73)

沈沈雨色蔽蒿萊,74) 繞徑香雲濕不開.
却喜晚來明霽景, 笑行花底惜莓苔.

73) 新晴(신청): 막 날이 개다. 방금 갠 날씨.
74) 雨色(우색): 빗속의 경치. 여기서는 하늘에서 비가 내리려는 정경을 말한다. 蒿萊
   (호래): 들 풀.

막 날 개어

어둑어둑한 빗속의 경치 들풀을 덮었는데
길 감싼 향 그런 구름 젖어 걷히지 않네.
저녁 되며 환하게 갠 경치가 도리어 좋아
웃고 가다가 꽃 아래 이끼를 아까워하네.

【해제】 흐렸다가 맑게 갠 날의 정취를 읊었다. 날이 개면서 아름다움을 드러낸
꽃보다 생기 잃은 이끼에 눈길을 돌림으로써 여시인 특유의 세밀한 감수성을
엿보게 하였다. 이끼를 자신의 분신으로 느낀 점이 애처롭다.

秋夜,倚嘯園樓西, 仰瞻雲漢斗轉星橫, 感慨成句.75)

碧空無際彩雲流, 高卷湘簾望女牛.76)
忽見蘋花涼吹起, 滿天寒色似深秋.

<hr>

75) 雲漢(운한): 은하. 斗轉(두전): 북두가 자리를 옮기다.
76) 湘簾(상렴): 상비죽(湘妃竹)으로 만든 주렴. 女牛(여우): 직녀성과 견우성.

가을밤 소원의 누대 서쪽에 기대어 은하수의 북두성이 자리를 바꾸어
별이 가로놓임을 올려 보고, 감격해 사무쳐 절구 되어

푸른 하늘 가없고 채색 구름 흐르기에
반죽(斑竹)주렴 높게 걷고 견우직녀성 바라보네.
마름꽃에 서늘한 바람 붐이 문득 보이니
온 하늘의 차가운 빛 늦가을 같네.

【해제】 가을 밤 야경 묘사로 우수를 부쳐내는 함축미를 보였다. 반죽(斑竹)과 빈
화(蘋花)와 같은 의상(意象)으로 그리움이나 고독감을 기탁하는 기법은 범씨 절
구에 종종 보이는 한 특징이다.

嘯園觀落照

閒來携伴覓芳游, 爲愛園中落日秋.
溪上亂雲飛不盡, 寒鴉又逐水空流.[77]

---

77) 寒鴉(한아): 갈까마귀. 까마귀과로, 체구는 보통 까마귀보다 작으며 우는 소리가 비
   교적 날카롭다. 검은색으로 목둘레와 배 부위는 회백색을 띤다.

소원에서 석양 보며

한가롭게 임 이끌며 꽃 찾아 노닒은
정원 안으로 해 지는 가을이 좋아 선데
시내 물 위 어지러운 구름은 다 날아가지 못해
갈 까마귀를 또 쫓으나 물만 부질없이 흐르네.

【해제】 해저물녁 임과 정원을 노닐며 보이는 추경(秋景)을 읊어 가을의 쓸쓸한
심경을 드러냈다. 형용사 "난(亂)"과 부사 "공(空)"을 써, 가을 저녁 해 저물며
밀려오는 심난하고 공허한 정회를 드러낼 수 있었다.

悶懷

點點盈盈綴綠苔,[78] 幾番風雨妒香埃.[79]
春深離緒愁無奈, 數盡殘英掩鏡臺.

78) 點點盈盈(점점영영): 점점이 자국 남기며 그렁그렁 떨어지는 눈물의 형용.
79) 香埃(향애): 떨어진 꽃.

답답한 마음

점점이 그렁그렁 떨어지는 눈물이 푸른 이끼로 연 이음은
몇 번 인가 비바람이 진 꽃을 시기해선데
봄 깊어져 이별의 시름 어쩔 수 없음은
셀 수 있는 시든 꽃이 경대를 가려서지!

【해제】 봄날 이별의 수심을 읊었다. 비바람의 시기를 받아 저버린 꽃과 시들어버
린 꽃잎에 시인을 비유함으로써 자신의 처량한 신세를 드러낼 수 있었다.

月下看梅花

梅花梢上月微明, 簾外春寒料峭生.[80]
獨坐看花忘漏永, 燭枝頻剪已三更.

80) 料峭(요초): 가벼운 한기(寒氣)를 형용함.

달 아래에서 매화꽃 보며

매화꽃 가지 끝으로 달 희미하게 비치는데
주렴 밖은 봄추위가 싸늘하게 이네.
홀로 꽃 보았기에 물시계 소리 길어짐을 잊고
불심지 자주 자르다 보니 이미 삼경일세.

【해제】 봄밤의 고독으로 잠 못 듦을 읊었다. 달 빛 아래의 매화꽃을 벗 삼아 무료함을 달래는 여주인공의 모습을 층차적으로 형상함으로써 긴긴 밤의 외로움을 실감케 하였다.

雨中秋海棠

庭樹疎疎雨漸荒，墻陰偏覺海棠香.
無端秋思憑闌外，萬里星橋此夜長.[81]

---

81) 星橋(성교): 전설 속의 오작교.

빗속의 가을 해당화

뜰의 나무는 성기고 비 점차 세차지는데
담장 그늘지니 해당화 향기 유독 느끼네.
까닭 없는 가을 수심으로 난간 밖으로 기댐은
만 리 떨어진 오작교엔 이 밤이 길어서네!

【해제】 비오는 가을밤의 외로움을 읊었다. 담장 그늘져 향기 내는 해당화로 비유
된 여주인공이 견우직녀가 상봉하는 오작교의 깊은 밤을 상상하는 것으로 시인
의 외로움의 실체를 파악케 하였다.

戲貍

南陌風微春日暹, 天涯芳草滯歸期.[82]
愁深脈脈憑誰訴,[83] 細結花毬戲雪貍.

82) 滯(체): 멈추다. 막히다. 지체하다.
83) 脈脈(맥맥): 애정이 가득한 눈빛으로 바라보는 모양. 눈빛으로 은근한 정을 나타내
    는 모양.

살쾡이 희롱하며

남쪽 두렁에 부는 바람 약해 봄 옴이 더딘데
하늘 가 향 그런 풀 돌아올 기약 막네.
수심 깊어 끝없으니 누구에게 하소연하나?
가늘게 맨 꽃무늬 공으로 흰 살쾡이 희롱하네.

【해제】 돌아오지 않는 임에 대한 그리움을 읊었다. 하소연할 사람조차 없어 흰 살쾡이를 희롱하며 무료함을 달래는 여주인공의 모습으로 외로움을 가일층 심화시킬 수 있었다.

聽歌

厭厭夜飮醉無何,[84] 一曲廻風落葉多.
今日彩雲俱散盡, 敎人何處覓韓娥.[85]

84) 厭厭(염염): 무료하다. 無何(무하): 오래지 않다.
85) 韓娥(한아): 춘추전국(春秋戰國)시대 한(韓)나라의 노래 잘하던 여인. 가기(歌妓)를
   두루 이른다. 『열자(列子)·탕문(湯問)』에 "옛날 한아가 동쪽의 제나라로 갔는데,
   식량이 떨어져 옹문을 지나다 노래를 팔아 식량을 빌렸다. 이미 떠나간 후에도 남
   은 음색이 들보를 에돌아 3일간 끊이지 않았다(昔韓娥東之齊, 匱糧, 過雍門, 鬻歌假
   食. 旣去, 而餘音繞梁欐, 三日不絶.)"라 하였다.

노래 들으며

무료하게 밤술 마셔 취한지 오래지 않았는데
한 곡조가 바람을 바꾸니 낙엽도 많아지네.
오늘 채색 구름 모두 흩어졌으니
어디에서 가기(歌妓)를 찾게 하나?

【해제】 가을이 가기에 자연을 벗 삼아 다시 술 마시기 어려운 처지를 읊었다.
바람소리를 노랫소리에, 채색구름을 가기(歌妓)에 비유하여 가을의 정취를 즐겼
으나 절기가 가기에 더 이상 즐길 수 없는 아쉬움을 함축하였다.

南郊

雨過南郊柳色低, 深深淸影滿前溪.[86]
杏花零落流鷪澀,[87] 麥隴風輕野雉啼.[88]

86) 前溪(전계): 앞 시내. 본래 오(吳)나라 마을 이름이었다. 지금의 절강성(浙江省) 덕
   청현(德淸縣)에 있다. 남조(南朝)·수(隋)·당(唐) 시기 강남의 춤과 음악은 대부분
   여기에서 나왔다. 당대(唐代) 무명씨의 『대당전재(大唐傳載)』에서는 "호주 덕청현
   남쪽의 전계촌은 전 왕조 때 음악과 춤을 가르친 곳으로, 지금 아직도 수백의 집
   안이 있어 모두 음악을 배운다. 강남의 가희 및 무희는 대개 이곳 출신이었기에
   이른바 '춤은 전계에서 나왔다'고 하였다(湖州 德淸縣南, 前溪村, 前朝敎樂舞之地,
   今尙有數百家, 盡習樂. 江南聲妓多自此出. 所謂'舞出前溪'者也.)"고 기재하였다.
87) 流鷪(유앵): 꾀꼬리. '류(流)'는 곱게 운다는 뜻이다.
88) 麥隴(맥롱): 보리밭. 野雉(야치): 꿩.

남쪽 교외

비 남쪽 교외로 지나가 버들 빛 낮아지니
진하고 진한 맑은 그림자 앞 시내에 가득하네.
살구꽃 시드니 꾀꼬리 울음 더듬거리고
보리밭으로 바람 살랑이니 꿩이 우네.

【해제】비 그친 뒤 남쪽 교외의 명미한 늦봄의 풍경을 읊었다. 복사꽃과 보리밭,
꾀꼬리와 꿩을 대비시켜 봄이 저물어 가는 아쉬움을 곡진하게 묘사하였기에 감
화력이 크다.

戲贈鄰女[89]

晚涼新沐葛衫輕, 團扇風微文簟淸.[90]
花枕半欹螺髻亂,[91] 碧雲香散楚江蘅.

89) 鄰女(린여): 춘정(春情)을 품은 여인
90) 文簟(문점): 무늬 있는 대자리.
91) 螺髻(나계): 소라껍질 모양으로 틀어 올린 머리.

놀이삼아 연정 품은 여인에게 주며

저물녘 차가워져 막 머리 감으니 베적삼 가뿐한데
둥근 부채로 바람 살랑이니 무늬 대자리 기운 맑아지네.
꽃 수놓은 베개 반쯤 베니 소라형 머리 어지럽고
비취구름 머리 향기 흩어지니 초강의 족두리 풀 향기.

【해제】사랑으로 파생되는 외로운 심사를 읊어 연정에 빠진 여인에게 준   시이
다. 싸늘해진 저녁에 임을 기다리나 오지 않는 실망스런 모습을 여인의 복식,
행동, 용모를 시각과 후각을 동원해 묘사함으로써 연정에 빠진 여인이 경계할
바를 일깨웠다. 특히 머리 자태와 풀 향기로 정결한 심태(心態)를 드러냄으로써
연정에 바진 여인이 지향할 바를 함축하였다.

鸚鵡

曉妝纔罷下樓時, 猶自憑欄理鬢絲.[92]
院宇沈沈塵不到,[93] 細聽鸚鵡念新詩.

---

92) 猶自(유자): 여전히. 아직도. 鬢絲(빈사): 귀밑머리.
93) 院宇(원우): 뜰.

앵무새

새벽 단장 겨우 마치고 누대에서 내려올 제
여전히 난간에 기대어 귀밑머리 다듬었네.
뜰은 깊디깊어 먼지도 이르지 않기에
앵무새가 읊는 새 시를 귀 기울여 듣네.

【해제】 앵무새를 벗 삼아 무료함을 달래는 규중 여인의 모습을 읊었다. 후반부에서 깊은 뜰의 앵무새 울음을 새로 짓는 시라고 형상함으로써, 전반부에서 몸단장하며 임을 기다리는 여인의 가련함을 더욱 부각시킬 수 있었다.

冬日, 同母氏舟泊吳門, 感賦94) 其一

一片輕帆卷朔風,95) 愁心旅況滿舟中.96)
烏啼月落霜天外, 獨聽寒山夜半鐘.97)

94) 冬日(동일): 동지(冬至). 입동(立冬)에서 입춘(立春)까지 3개월. 母氏(모씨): 모친. 吳
門(오문): 소주(蘇州) 혹은 소주(蘇州) 일대. 춘추시대 오(吳)나라 옛 터이기에 이처
럼 이름 했다.
95) 輕帆(경범): 작은 배. 朔風(삭풍): 북풍.
96) 旅況(여황): 여행 중의 심경 혹은 상황.
97) 寒山(한산): 한산사(寒山寺)를 말한다. 한산은 강소성(江蘇省) 오현(吳縣) 서쪽에 위
치하는데, 본래 지형산(支硎山)에서 갈라져 나온 봉우리다. 명대(明代)의 처사(處士)
조환광(趙宦光)이 일찍이 여기 은거했었다.

동짓날 모친과 소주에 배를 대고 느끼어 짓다 (제 1수)

한 조각 날렵한 배 북풍에 휩쓸리니
여행 중의 수심 배 안에 가득하네.
까마귀 울며 달 서리 낀 하늘 저편으로 져
한산사의 한 밤중 종소리를 홀로 듣네.

冬日, 同母氏, 舟泊吳門, 感賦 其二

雲隨山出水連天, 樹樹村村罨綠煙.
此夕姑蘇城外泊,[98] 一潭寒月對愁眠.[99]

---

98) 姑蘇城(고소성): 춘추시대(春秋時代) 오(吳)나라의 도성.
99) 愁眠(수면): 근심하면서 자는 잠. 근심 속에 잠자는 사람.

동짓날 모친과 소주에 배를 대고 느끼어 짓다 (제 2수)

구름은 산 따라 나오고 물은 하늘로 이어졌는데
나무마다 마을마다 푸른 안개 뒤덮였네.
이 저녁 고소성 밖에 배를 대니
연못 가득한 차가운 달은 수심 속에 잠든 이를 마주했네.

【해제】이 2수는 연작시로 동짓날 저녁 소주에 배를 대고 밀려오는 여수(旅愁)를 읊었다. 당대(唐代) 장계(張繼)의 「풍교야박(楓橋夜泊)」 "서리 가득한 하늘로 달 지고 까마귀 우는데, 강가의 단풍나무와 고기잡이배 등불은 수심으로 잠든 이와 마주했네. 고소성 저편 한산사 있어, 한밤중의 종소리 나그네 배로 들려오네.(月落烏啼霜滿天, 江楓漁火對愁眠. 姑蘇城外寒山寺, 夜半鍾聲到客船)"의 시의(詩意)를 모방했다. 장계는 늦가을 풍교(楓橋)의 객고(客苦)를 읊었다면 이 시는 동짓날 주중(舟中)에서의 여수(旅愁)를 읊었다.

寒食 其一

屈指去年寒食節, 省親正是賞花天.[100]
那堪今歲淸明日,[101] 腸斷風前挂紙錢.[102]

100) 省親(성친): 부모님이나 친척 어르신을 찾아뵙다.
101) 那堪(나감): 어찌 견디랴!
102) 挂紙錢(괘지전): 지전은 제사 지낼 때 죽은 사람에게 주는 종이돈으로 동전 모양
이나 돈 무늬가 그려져 있다. 태우거나 하늘을 향해 뿌리거나 묘지에 매단다. 괘
(挂)라 하였기에 묘지에 매단 것이다.

한식날 (제 1수)

지난 해 한식날 헤아려 보니
부모님 찾아뵙고 바로 꽃 감상하는 날이었지!
어찌 견디나! 올 청명절
바람 앞에 걸린 지전에 애간장 끓일 것을!

寒食 其二

今年春色去年同, 無主園林落照紅.
此日不堪思往事, 花神亦自怨東風.

한식 (제 2수)

올해 봄빛 작년과 같은데
주인 없는 정원은 지는 햇빛으로 붉네.
오늘 차마 지난 일 슬퍼할 수 없음은
꽃 신(神)도 절로 봄바람 원망해서네.

【해제】 위의 2수는 모두 부모를 여읜 슬픔을 읊은 연작시이다. 아름다운 봄 풍경을 연출했던 지난해 한식날과 부모님이 돌아가시어 쓸쓸해진 이 해 한식날을 경물(景物)로 대조시켜 주인공의 슬픔을 배가시켰다. 둘째 수는 부모님이 돌아가시어 주인이 없어진 정원을 금년 한식에 다시 찾은 감회를 읊은 바, 정원에 핀 꽃조차 봄바람을 원망한다고 술회함으로써 부모를 잃은 슬픔의 정도를 엿보게 하였다.

養花

乞得名花挿膽缾,[103) 小窓春晝雨冥冥.[104)
支離一榻蕉陰下,[105) 腸斷天涯萬里情.

103) 膽缾(담병): 목이 길고 배가 불룩한 화병. 매달린 쓸개와 같은 형태를 하였기에
부쳐진 명칭임.
104) 冥冥(명명): 자욱하다.
105) 支離(지리): 부서지다. 시들어 쇠약하다.

꽃 가꾸며

이름난 꽃 구해 화병에 꽂으니
작은 창밖에 한낮의 봄비 자욱이 내리네.
파초 그늘 아래 부서진 평상에서
하늘가 만 리 떨어진 임 그리니 애간장 끊이네.

【해제】 꽃병에 꽃을 꽂으며 임 그리는 마음을 읊었다. 임에 대한 그리움을 꽃에
투영한 뒤, 봄비 내리는 대낮 평상에 홀로 앉아 무료함 속에서 님을 그리는 서러
움을 그렸다.

鬪蟋蟀106)

嘯園病起怯西風, 聊寄愁懷與草蟲.
寒意滿庭天似水, 數聲鴻鴈到簾櫳.

---

106) 鬪蟋蟀(투실솔): 귀뚜라미를 서로 싸우게 하는 일종의 도박놀이.

귀뚜라미 싸움 놀이

소원에서 병 나았으나 가을바람에도 겹나
수심어린 마음을 잠시 풀벌레에 부치네.
차가운 기운 정원에 가득하고 하늘은 물같이 맑은데
몇 가락의 기러기 울음 주렴 드린 창에 이르네.

【해제】 가을날 병이 나은 뒤에 밀려오는 우수를 읊었다. 수심을 잊으려고 귀뚜라미 싸움놀이를 시켰으나 여전히 수심을 떨치지 못했기에 이를 기러기의 구슬픈 울음이 창에 이른다고 형상하였다.

曉望

小桃含露碧潭虛,107) 嵐翠濛濛鬱未舒.108)
可奈曉寒風又起, 細吹春雨暗蓬廬.109)

107) 小桃(소도): 초봄에 꽃피운 복숭아나무.
108) 嵐翠(남취): 짙푸른 산안개. 濛濛(몽몽): 자욱하다.
109) 蓬廬(봉려): 초가집.

동틀 무렵 멀리 바라보며

꽃핀 복숭아나무 이슬 머금었고 푸른 연못 조용한데
짙푸른 산안개 자욱해 흩어지지 않네.
새벽녘 차가운 바람 다시 일어나니
봄비 가늘게 불어와 초가집 어둡게 함을 어쩌나!

【해제】 봄 날 동틀 무렵 비 내리는 풍경을 묘사하면서 해소할 수 없는 수심을
읊었다. 특히 제 3, 4구는 차가운 바람과 가는 봄비를 형상하여 떨쳐버릴 수 없는
수심을 드러내는 솜씨를 보였다.

題梅竹

梅成彈子竹成竿, 嫩綠鋪茵積翠寒.[110]
引得淸風共明月, 瀟湘庾嶺恰同看.[111]

---

110) 鋪茵(포인): 자리 펴다. 積翠(적취): 중첩된 푸른빛으로 청산(靑山)을 이름.
111) 瀟湘(소상): 호남성(湖南省)을 흐르는 상강(湘江). 또는 호남성의 상강(湘江)과 소수(瀟水)를 이름. 庾嶺(대유령): 대유령(大庾嶺)으로, 중국의 다섯 고개 중 하나다. 강서성(江西省) 대여(大餘)와 광동성(廣東省) 남웅(南雄)이 맞닿은 곳에 있다. 산봉우리 위에는 수많은 매화나무가 심어져 있어 매령(梅嶺)이라고도 불린다.

매화와 대나무그림에 시 써 넣으며

매화 열매 맺고 대나무는 장대 되어
옅은 녹색자리 펼치니 푸른 산 싸늘해지네.
맑은 바람 끌어내어 밝은 달과 함께 하니
소상의 대, 대유령 매화를 함께 보는 듯하네!

【해제】 매화와 대나무 보며 느끼는 군자(君子)의 한적한 심경을 읊어 매죽화(梅竹
畵)에 써 넣은 시이다. 청풍(淸風) 명월(明月)을 끌어들여 대나무와 매화로 유명한
"소상(瀟湘)"과 "유령(庾嶺)"이란 두 지역을 제기함으로써 시인이 지닌 풍류의 멋
을 한층 확대시킬 수 있었다.

惜春

紅雨霏霏柳帶煙,[112] 蹉跎又過養花天.[113]
采桑陌上誰家婦, 說道春蠶已二眠.[114]

112) 紅雨(홍우): 낙화를 비유한다. 당대(唐代) 이하(李賀)는 「장진주(將進酒)」에서 "하물
며 푸른 봄날 저물려 하니, 복사꽃은 붉은 비처럼 어지러이 떨어지네(況是靑春日將
暮, 桃花亂落如紅雨)"라 하였다. 霏霏(비비): 꽃이나 눈이 흩날리는 모습.
113) 蹉跎(차타): 헛되이 세월을 보내다. 남조(南朝) 제(齊)나라 사조(謝朓)는 「화왕장사
와병(和王長史臥病)」에서 "날과 해 아득해 지니, 돌아가지 못한 한이 쌓여 헛되이
세월 보낸다(日與歲眇邈, 歸恨積蹉跎.)"라 하였다. 養花天(양화천): 가벼운 구름 떠
가고 가랑비 내려 꽃 가꾸기 좋은 시절을 말한다. 오대(五代) 정문보(鄭文寶)는 「송
조위류정이수재(送曹緯劉鼎二秀才)」 시에서 "작은 배에서 피리소리 듣는 밤, 가랑
비 내리니 꽃 가꾸기 좋은 날일세.(小舟聞笛夜, 微雨養花天)"라고 하였다.
114) 眠(면): 누에가 뽕잎 먹기를 멈추고 허물을 벗기 위해 정지하고 있는 시기나 상태
를 뜻한다. 보통은 4번 잠을 자는데, 3번이나 5번을 자기도 한다.

가는 봄 아쉬워

낙화 우수수 날리고 버들은 안개 머금어
허송세월로 꽃 가꾸기 좋은 시절 또 지나쳤다.
뽕잎 따는 밭두둑 위의 어느 집 아낙은
"봄누에 이미 두 잠잤다"고 말한다.

【해제】 꽃 가꾸기 좋은 봄이 가버린 아쉬움을 읊었다. 누에치는 아낙의 두 잠이
라는 말을 빌려 봄이 경과한 시간의 양을 계량해 내는 묘미를 보였다.

嘯園芙蓉

溪邊數朶玉芙蓉, 宛是仙妃洛水逢.[115]
影照碧波嬌欲語, 愛他澹蕩寫秋容.[116]

---

115) 宛是(완시): 마치~같다. 仙妃(선비): 아름다운 선녀. 당대(唐代) 장자용(張子容)은 「
   춘강화월야 春江花月夜」 시 제 2수에서 "정교보(鄭交甫)는 패옥 장식 아끼었기에,
   아리따운 선녀와 다시 기약하기 어려웠네(交甫憐瑤珮, 仙妃難重期)"라 하였다.
116) 澹蕩(담탕): 호탕해 구속 없는 모습. 봄날의 편안하고 상쾌한 날씨나 경물(景物)을
   형용함. 秋容(추용): 가을빛. 우수어린 얼굴.

소원의 부용

시냇가 몇 그루 옥부용
낙수에서 만난 아리따운 선녀 같은데
푸른 물에 그림자 비추며 애교 부려 말하려 듦은
시원한 물결이 그려내는 가을 모습 좋아해 서네!

【해제】 선녀 같은 부용이 자신의 모습을 푸른 물결에 시원하게 비춰줌을 좋아함
을 읊었다. 부용을 아리따운 선녀에 비유하고 부용을 비춰주는 시원한 푸른 물결
을 연인으로 의인화함으로써 좋아하는 정도를 생동감 넘치게 그릴 수 있었다.
시인이 부용을 좋아하는 이유를 살필 만하다.

簾靜窓虛, 梅花半開. 因展藁砧藏扇, 有相思. 一夜
梅花發, 忽到窓前, 疑是君, 遂書二首寄之. 其一

簾靜窓虛露氣沈, 博山煙細草堂深.[117)
人間是處春光好,[118) 少婦樓頭無限心.[119)

117) 博山(박산): 즉 박산로(博山爐)로, 산동성(山東省)에 있는 박산(博山)의 모양을 본떠
    만든 향로.
118) 是處(시처): 도처에. 곳곳에.
119) 樓頭(누두): 누대 위.

주렴 고요하고 창 텅 비었는데, 매화는 반쯤 피었다. 남편이 보관하던 부채를 펼치니 그리움이 일었다. 한밤중에 매화꽃 피어 문득 창 앞에 이르니 바로 서방님인가 하여 마침내 2수를 부친다. (제 1수)

주렴 고요하고 창 텅 비어 이슬 기운 스미는데
박산향로 연기 가늘어지니 초가집 밤 깊어가네.
세상 곳곳에 봄빛이 좋다지만
젊은 부인 지내는 누대 위는 그리움이 끝없네.

簾靜窓虛，梅花半開．因展藁砧藏扇，有相思．一夜
梅花發，忽到窓前，疑是君，遂書二首寄之．其二

塞鴻飛盡曉猶寒，游子天涯何日還．
一夜梅花春信早，東風今已遍荒園．

주렴 고요하고 창 텅 비었는데, 매화가 반쯤 피었다. 남편이 보관하던 부채를 펼치니 그리움이 일었다. 한밤중에 매화꽃 피어나 문득 창 앞에 이르니 바로 서방님인가 하여 마침내 2수를 지어 부친다. (제 2수)

요새의 기러기 다 날아가니 새벽 여전히 차가운데
하늘가를 떠도는 나그네는 어느 날 돌아오시려나?
밤새 피어난 매화는 봄소식을 일찍 전했기에
봄바람은 오늘 황량한 정원으로 두루 불었네.

【해제】 이 2수는 한 밤에 매화가 꽃을 피우자 남편에 대한 그리움 일어 시름이 깊어짐을 읊었다. 봄은 왔으나 임은 오지 않는 상황을 매화와 매화 주변의 경물로 부쳐내어 허망한 심경과 깊은 우수를 함축하였다.

雨後

長虹如帶雨初晴, 嵐翠遙看林外生.
此是世間眞幻態, 白雲蒼狗與人情.[120]

---

120) 白雲蒼狗(백운창구): 창구(蒼狗)는 곧 회색이다. 흰 구름이 잿빛 개로 변한다는 뜻
이니, 세상사의 변화무쌍함을 비유한다. 당대(唐代) 두보(杜甫)는 「가탄(可歎)」 시에
서 "하늘 위에 떠다니는 구름은 흰 옷과 같으니, 이는 필시 잿빛 개처럼 변하리라
(天上浮雲似白衣, 斯須改變如蒼狗.)"라 하였다. 與(여): 같이하다. 같게하다.

비 갠 후

무지개 띠 같아지며 비 막 개이니
짙푸른 산안개 숲 밖에서 생겨남이 아득히 보이네.
이는 인간세상의 진정한 환상으로
흰 구름 잿빛 개로 변함은 인정과 같아서네.

【해제】 비 내린 후의 변화무쌍한 풍광으로 인간사의 환상을 읊었다. 무지개와
산안개 그리고 비구름이 변화무쌍한 것에 착안하여 인간의 욕망은 끝없을 뿐만
아니라 또한 허무한 것임을 우의하였다.

步虛詞121)

淩波仙子下雲端,122) 手挽擎荷玉作冠.123)
一任隨風歸碧落,124) 不留形跡與人看.

---

121) 步虛詞(보허사): 악부(樂府) 중 잡곡가사(雜曲歌辭)에 속하는 곡조 명칭. 『악부시집
     (樂府詩集)·잡곡가사(雜曲歌辭)·보허사(步虛詞)』에서 곽무천(郭茂倩)은 당대(唐代)
     오긍(吳兢)의 『악부해제(樂府解題)』를 인용하여 "「보허사」는 도가의 곡이다. 뭇 신
     선들이 아득하면서도 가볍게 움직이는 아름다움을 상세히 말하였다(步虛詞, 道家曲
     也. 備言衆仙縹緲輕擧之美.)"라 해제하였다.
122) 淩波(능파): 여인의 걸음걸이가 사뿐함을 형용한다.
123) 擎(경): 등잔걸이. 촛대. 등(燈)
124) 一任(일임): 내맡기다. 마음대로 하게 하다. 碧落(벽락): 도교어(道敎語)로, 푸른 하
     늘을 말함.

허공 걷는 신선의 노래

사뿐사뿐 선녀가 구름 가로 내려오니
손엔 등잔 같은 연을 끌고 옥관 썼네.
바람에 맡기자 푸른 하늘로 돌아가니
인간이 볼 수 있는 자취 남기지 않았네.

【해제】 선녀의 자태와 자취를 읊었다. 선녀의 자태 묘사에 그녀가 지닌 장신구의
특징을 세밀히 그려 핍진함을 더함으로써 표연(飄然)하면서고 흔적 없는 선인의
특성을 엿보게 하였다.

暑夜

雨過庭除夜漸涼,[125] 平池如鏡月如霜.
薄羅小帳茭文席,[126] 滿枕絪縕茉莉香.[127]

---

125) 庭除(정제): 뜰 앞 계단. 정원
126) 茭文席(교문석): 줄 풀로 짜서 만든 무늬가 있는 자리.
127) 絪縕(인온): 즉 인온(氤氳)으로, 자욱한 모양이다.

더운 여름 밤

비가 뜰을 지나가니 밤 점점 싸늘해 가는데
평평한 연못은 거울 같고 달 서리처럼 차갑네.
얇은 비단의 작은 휘장치고 줄 풀 자리 펴니
베개 가득 풍기는 재스민 향기!

【해제】 더운 여름날 밤의 풍경을 읊었다. 시각과 후각을 아우르는 감각적인 형상
으로 짜증나기 일쑤인 더운 밤의 무료를 싱그럽게 바꾸어 놓았다.

品茶

露靜螢飛斗半斜,[128) 綠窓影裏竹交加.[129)
須臾月上齋生白, 漫卷風簾試品茶.[130)

---

128) 斗(두): 북두칠성.
129) 綠窓(녹창): 녹색 비단 드리운 창으로, 여인의 방을 뜻한다. 交加(교가): 뒤섞이다.
   뒤엉키다.
130) 風簾(풍렴): 창문을 가리는 주렴.

차 품평하며

이슬 고요해 반딧불이 날고 북두성 반쯤 기우는데
녹색 비단 드린 창 그림자 속에 대나무 뒤엉켰네.
순간에 달 떠올라 방이 환해 져
주렴 제멋대로 걷고 차 맛 품평해 보네.

【해제】 달 비치는 방 안에서 차 마시는 정취를 읊었다. 차를 품평하기 전까지의
실내외의 야경을 순차적으로 묘사해 차 맛을 음미하기에 적절한 환경을 생동하
게 그려냄으로써 차를 품평하는 운치를 더할 수 있었다.

瑞香花131)

含烟浥露曉庭中, 宜蕊宜花色不同.
紫蹴小毬香馥鬱, 自多頭緖怨東風. 132)

131) 瑞香(서향): 팥꽃나무과의 상록 관목으로, 원산지는 중국이다. 키는 1미터 정도이
     며, 잎은 어긋나는데 타원형으로 두껍고 광택이 난다. 꽃은 3~4월에 가지 끝에 뭉
     쳐 피는데, 내면은 백색, 외면은 붉은 자줏빛을 띠고 있으며, 향기가 매우 짙다.
132) 頭緖(두서): 마음. 기분.

서향화

안개 머금어 이슬 떨어지는 새벽녘 뜰 안
꽃술은 꽃술대로 꽃은 꽃대로 빛깔 다르네.
자줏빛 털의 작은 공 되니 꽃향기 진한데
절로 심사 많아지니 봄바람을 원망하네.

【해제】 서향화가 가는 봄에 아쉬움을 보이는 모습을 읊었다. 꽃 모양과 빛깔을
상세하고도 사실적으로 묘사하였기에 그 아쉬움에 생동감을 더할 수 있었다.

憶藁砧133)

極目江天澹蕩秋,134) 輕雲籠月夜悠悠.
閒庭惟有梧桐雨, 人在燕臺何處樓.135)

---

133) 藁砧(고침): 본서, 주.8) 참조.
134) 澹蕩(담탕): 넘실거리다. 산들거리다.
135) 燕臺(연대): 전국(戰國) 시기 연(燕)나라 소왕(昭王)이 지은 황금대(黃金臺). 옛 터는
     지금의 하북성(河北省) 역현(易縣) 동남쪽에 있다. 소왕은 이 누대 위에 천금을 두
     고 천하의 현자를 불러들였다고 한다.

남편 떠올리며

아득히 눈길 닿는 강위 하늘로 산들거리는 가을 오니
가볍게 뜬 구름 달을 감싸 밤은 끝없네.
한가한 뜰엔 오동나무만 있어 비 내리는데
그 임은 연대의 어느 누대에 계신가?

【해제】남편을 그리는 애절함을 읊었다. 직설적인 의문구로 끝맺음으로써 그리
움의 정도를 살피게 하였다.

然燭

枝頭香雨晚來過, 銀燭搖紅散綺羅.
綽約女郎偏好事,[136] 笑持團扇戱鐙蛾.[137]

---

136) 綽約(작약): 여인의 자태가 부드럽고 아름다운 모양. 女郎(여랑): 젊은 여인.
137) 鐙蛾(등아): 불나방.

초 태우며

가지 끝에 향 그런 비 저녁 되며 지나는데
은촛대는 붉은 빛 흔들며 비단 옷에 흩어지네.
아리따운 젊은 여인 유독 좋아하는 일은
둥근 부채 웃으며 쥐고 불나방 희롱함 일세.

【해제】 비 내린 밤 젊은 여인의 무료함을 읊었다. 불나방을 희롱하는 철모르는
여인의 모습을 부각시켜 시인의 우수가 깊은 것을 엿보게 하였다.

卷簾

鸎聲歷亂繞亭臺,[138] 曙色平分簾乍開.
雙眼濛濛半羞澀,[139] 但含微笑下階來.

주렴 걷고

꾀꼬리 울음 어수선하게 누대를 에도는데
새벽빛 고루 나눠지니 주렴 갑자기 열리네.
두 눈 몽롱한 채 어중간히 겸연쩍어 하다가
그저 미소 머금고 계단을 내려오네.

【해제】 젊은 여인이 수줍어하는 모습을 사실적으로 읊었다. 잠에서 막 깬 여인의
행동을 다층적으로 묘사하여 생동감을 더했다. 온정균(溫庭筠)의 사(詞)가 객관적
입장에서 제 3자를 묘사하는 수법과 유사하다.

焚香

珠箔沈沈花氣淸,[140] 春愁何處最關情.[141]
夜深閒倚熏籠坐,[142] 鎖盡龍涎月尙明.[143]

---

140) 沈沈(침침): 고요하여 소리 없음을 형용한다.
141) 關情(관정): 마음을 움직이다.
142) 熏籠(훈롱): 향로에 씌우는 덮개.
143) 龍涎(용연): 즉 용연향(龍涎香). 향유고래에서 채취하는 향료로 사향과 비슷한 향기
　　를 낸다.

향 피우며

주렴 고요하고 꽃향기 맑은데
봄 수심으로 가장 마음 가는 곳 어딜까?
밤 깊어 한가롭게 향로 덮개에 기대앉으니
용연향 다 사그라졌어도 달 여전히 밝네.

【해제】 봄밤 여인의 깊은 우수를 읊었다. 제 2구의 의문을 통해 봄날 시름의 내원에 대한 복선을 깐 뒤, 제 4구로 그 답을 암시하였다. 곧 향로가 있어 임과 함께 달을 바라보던 장소가 바로 정이 끌리는 곳임을 밝혔다.

鞦韆¹⁴⁴⁾

東風淡蕩柳花香,¹⁴⁵⁾ 花底時聞笑語狂.¹⁴⁶⁾
忽見流鶯驚乍起, 綵絲千尺挂斜陽.

144) 鞦韆(족선): 즉 추천(鞦韆)으로, 그네뛰기를 뜻한다.
145) 淡蕩(담탕): 화창하다. 따뜻하다.
146) 笑語(소어): 담소하다.

그네뛰기

봄바람 화창해 버들 꽃향기 풍기는데
꽃 아래의 거침없는 담소소리 때때로 들리네.
문득 보이네! 꾀꼬리 놀라 갑자기 날아오르니
천 자 길이 채색 실이 석양에 걸린 것이!

【해제】 그네 뛰는 즐거움과 그 멋을 형상하였다. 꽃 아래에서 담소하는 소리,
꾀꼬리가 놀라 날아오르는 모습, 저물녘 하늘에 걸린 채색 실 등과 같이 상외(象
外)로 그네 뛰는 모습을 그려냄으로서 추천하는 멋을 느끼게 하였다.

學書

家雞自許欲超羣,[147] 嬴得薑芽字字新.[148]
尤愛天門看鳳舞,[149] 豈甘終作衛夫人.[150]

147) 家雞(가계): 집안 대대로 전하는 보배 같은 서법. 소식(蘇軾) 시 「유씨이외생구필적
    (柳氏二外甥求筆迹)」에 "그대 집안에 본래 원화 서체 있으니, 전하는 서법을 사람
    들에게서 찾는 일 더더욱 싫어 말게 (君家自有元和脚, 莫厭家鷄更問人)" 라는 구가
    보임. 自許(자허): 자만하다. 뽐내다.

148) 薑芽(강아): 생강 싹 같은 손. 유우석(劉禹錫)의 시 「수류류주가계지증(酬柳柳州家
    雞之贈)」에 "유씨 집안의 새 서체 원화체는 더욱이 생강 싹 같은 손으로 공경하며
    전하는 학생들에서 완성되리.(柳家新樣元和脚, 且盡薑芽斂手徒)"라는 구가 보임.

149) 鳳舞(봉무): 글씨체가 생동감 넘쳐 활달한 모습.

150) 동진(東晉)시기의 여류 서예가. 성은 위(衛)이고 이름은 삭(鑠)이며 자(字)는 무의
    (茂漪)이다. 여음(汝陰) 태수(太守) 이구(李矩)의 아내로 세간에서 위부인(衛夫人) 또
    는 이부인(李夫人)이라 칭했다. 서법에 능했으며 특히 예서에 뛰어났다. 종요(鍾繇)
    에게 사사받았으며, 왕희지(王羲之)·왕헌지(王獻之)에게 서예를 가르쳤다.

붓글씨 배우며

집안에서 전하는 서법에 자만해 빼어나려 했기에
손으로 쓴 글자마다 새로움을 얻었다.
궁궐 문 봉새 춤추듯 활달한 서체 봄을 더 좋아했지만
어찌 서습 없이 끝내 위부인 되려 했나!

【해제】 집안에 전해지는 서체(書體)를 즐겨 일가를 이룬 즐거움을 읊었다. 서체로
출중해 지려는 소망으로 노력한 결과, 결국 위부인과 같은 경지에는 이르지 못했
으나 그런대로 자족함을 표현했다.

梅花

玉骨氷肌姑射仙,[151) 生香體態自天然.
芳情黙黙知何限, 如怨如思摠不言.[152)

---

151) 玉骨氷肌(옥골빙기): 여인의 호리호리한 몸매와 희고 윤기 나는 피부를 형용한다.
152) 摠(총): 내내.

매화

옥 같은 몸체에 얼음 같은 피부의 고야 선녀
향기와 자태를 절로 타고났네.
향 그런 정 묵묵히 지녔으니 어찌 끝이 있으랴?
원망스러운 듯 그리운 듯 끝내 말하지 않네.

【해제】 매화의 형상과 신태(神態)를 읊었다. 매화의 어여쁜 모양은 선녀의 자태
에, 은근한 끝없는 향기는 선녀의 정신으로 비유함으로써 매화의 형상에 생동감
을 더할 수 있었다. 이는 곧 시인이 추구하는 모습이기도 하다.

美人對鏡

謾說無雙却有雙,¹⁵³⁾ 將形顧影借淸光.¹⁵⁴⁾
相看莫便輕相妒, 一在菱花一洞房.¹⁵⁵⁾

153) 謾說(만설): 말하지 마라.
154) 顧影(고영): 자신의 그림자를 돌아보다. 스스로 자랑스럽게 여기는 뜻을 담고 있다.
155) 菱花(능화): 즉 능화경(菱花鏡)으로, 육각 형태이거나 뒷면에 마름꽃을 새긴 거울을
      말함. 거울을 두루 가리킨다. 동방(洞房): 깊숙한 내실.

미인이 거울을 마주해

짝 없다 함부로 말 말게! 도리어 짝 있다네.
모습을 영상으로 돌아보려고 맑은 빛 빌렸으니
보면서 경솔히 시샘 말아야 함은
하나는 거울에, 하나는 깊숙한 방에 있어서네.

【해제】 거울을 보는 미인이 미모에 만족하기 보다는 평정심을 찾음이 더 중요함을 읊었다. 거울을 보고 스스로 시샘할 만큼 뛰어난 미모(美貌)의 여인이라 해도 대상을 통해 자신의 참 모습을 확인할 수 있음을 일깨웠다.

범곤정(范壼貞)의 시가 문학

1. 범곤정과 『호승집시초(胡繩集詩鈔)』

범곤정의 자는 숙영(淑英)이며 호는 용상(蓉裳)으로 화정(華亭, 上海市 松江) 사람이다. 소원(嘯園) 범씨(范氏)의 후손인 효렴(孝廉) 범군선(范君選)의 딸로 호공수(胡公壽, 1823~1886)의 9세조(世祖)인 제생(諸生) 호란(胡蘭)에게 시집갔으나 결혼 생활은 순탄치 않았다. 호란은 명성이 없는데다가 무고하게 전사하였기에 이 부부의 생졸년은 살필 길이 없다. 범곤정은 시가에 능해 작품집으로 『호승집(胡繩集)』 8권을 남긴 바, 『송강부지(松江府志)』에 수록되었다고 하나 확인되지 않는다.156) 이 시집에는 진계유(陳繼儒, 1558~1639), 범윤림(范允臨, 1558-1641)등의 「서(序)」가 있다고 한다.157) 범곤정의 시집으로는 후손 호공수(胡公壽)가 재차 인쇄한 『호승집시초(胡繩集詩鈔)』 3권만 전해지기에 이 판본에 의거해 이 글을 쓰게 되었다.

범곤정의 종조부인 범윤림은 그녀가 재정(才情)이 넘치는데다 성품이 한아(閒雅)하며 태생이 총명하였기에 시에 능할 수 있음을 칭송하고 그녀의 시를 가려 『호승집』을 출간함에, 그 연기(緣起)를 「호승집시초서」에서 아래와 같이 기술하였다.

　　"우리 종실 여사(女士)인 숙영(淑英)은 호(號)가 용상(蓉裳)으로 효렴(孝廉)

---

156) 그 이유는 沈大成이 『胡繩集詩鈔』에 쓴 "夫人有『胡繩集』八卷. 長白先生實爲選刻, 陳徵君眉公所手評者也. 鼎革之際, 版毀兵火, 故楮零縑, 罕有存者, 夫人之曾孫鯨發, 懼先著之失墜, 訪求積年, 爬撫散佚, 重爲編輯, 得古今體詩若干首. 分上中下三卷, 曰『胡繩集詩鈔』." 글로 살필 수 있다.
157) 『歷代婦女著作稿』 참조.

범군선(范君選)에서 태어났다. 총명하고 슬기로우며 성품은 조용함을 좋아했고, 더욱이 바느질하고 정결히 술 담그기를 중시하였다. 역사를 탐구하고 시편을 음창(吟唱)함에 이미 정교하고도 능하게 할 수 있는데다 또한 사색해 탐구하는 데에도 솜씨를 보였다. 내 내자(內子)의 『낙위집(絡緯集)』을 가까이 해 더욱이 매우 좋아했기에 차마 손에서 놓지 못했고 입으로는 읊조림을 멈추지 않았다. 깨달음이 있게 되면 이로 인해 때에 느끼어 사물을 읊고 감흥에 의탁해 회포를 토로함에 부드러운 붓을 잡고 글을 지어 초롱거리는 생각을 가려내었고 소전(素箋)을 펼쳐 양양(洋洋)한 운(韻)을 이어갔으니, 바로 이씨(李氏)의 아름다운 시문이요, 소가(蘇家)의 금자(錦字)[158]로, 또한 백중지간이라 할 만 했다. 그녀는 그것을 본래 베개 가운데의 진귀한 보배로 여겨, 남에게 보이려하지 않았기에 내가 그것들 중의 하나, 둘을 뽑아 출간해 보인다. 우리 종실의 여인이 조물(造物)에게 신령스러움을 구해, 읊조리며 노래함을 그만두지 않았음은 성정(性情)의 연마에 스스로 만족해서이다. 그래서 『호승집』이라 제하고 되는대로 몇 마디를 적어 서책의 머리말로 삼는다."[159]

범곤정은 총명한 여성일 뿐 아니라 시가에 남다른 흥미를 지녀 성취가 높은 시를 많이 쓰게 된 점을 알 수 있고, 범윤림의 처이자 그녀의 종조모인 서원이 그 남편과 화창해 지은 『낙위음(絡緯吟)』의 시를 좋아해 "수불인석, 구불정음(手不忍釋, 口不停吟)"했음을 알 수 있다. 따라서 서원의 영향을 다소 받게 되었음을 짐작할 수 있으며 그녀가 고심해 작시한 것이 바로 성정 도야를 위한 것이었기에 유가적 수양을 중시한 면을 살필 수 있다.

범윤림은 당시의 명사인 미공(眉公) 진계유[160]에게 서(序)를 청해 8

---

158) 산동성 鄞城縣 蘇氏는 魯의 비단 織造의 世家로 그 생산품이 그 지방에서 매우 유명하여 민간에서 "蘇家錦"이라 칭함. 이 소씨 가문은 방직기술을 대대로 집안에 전수한데다 흰 비단에 七言長律 『織造經』을 써 적장자에게 전했으니 모두 714字로 쓰였다. 이 『織造經』은 소씨 집안의 家寶로 전해진다.

159) 「胡繩集詩鈔序」: "余宗女士, 淑英號蓉裘者, 産自孝廉君選. 聰慧性成靜好, 彌重縫裘潔醴. 既擅精能搜史哦編, 復工摩揣. 卽余內子『絡緯集』, 尤爲鐘愛, 手不忍釋, 口不停吟. 若有領會也者, 因是感時賦物, 托興抒懷, 弄柔翰而抽軋軋之思, 展素箋而綴洋洋之韻, 卽李氏瑤篇, 蘇家錦字, 亦堪伯仲矣. 彼固欲爲枕中之珍秘, 不示人. 余拔其一二, 付梓以表. 余宗之媛, 乞靈造物, 不廢咏歌, 自足陶情而鍊性也. 因題曰『胡繩集』, 漫識數言, 而弁於簡端."

권으로 간행하였는데 당시 진계유는 이미 80여세의 고령으로 산 속에서 요양 중이라 속무(俗務)를 보지 않았다. 노우(老友)인 범윤림이 보낸 『호승집』을 읽고 그 서에 "『호승집』은 학사 범윤림의 품평으로 중시 받아 절로 세상에 널리 알려질 것이니 내가 말을 덧붙임이 어찌 받아지리오! 『호승집』을 서재 가운데 두기만 해도 서숙(徐淑)161)의 문사(文詞)와 같이 마음을 맑게 하고 눈을 환하게 하리니, 병마를 90리 밖으로 물러나게 함이 어찌 불가하리요!(『胡繩集』而取重於學使品題, 自當行世, 余何容贅. 雖然置『胡繩集』於齋中, 與徐淑文詞, 瑩心耀目, 俾病魔再避三舍, 何不可也.)"라고 써 극찬하였기에 범곤정의 시가 성취를 살피게 한다.

『호승집』은 3색으로 인쇄했으며, 붉은 붓글씨는 진계유가 평점(評點)을 더한 곳이라 하는데162), 이 『호승집』은 전하지 않기에 그녀의 시가 성취를 품평한 흔적을 살필 길이 없어 아쉽기만 하다.

송강(松江)의 저명 시인 심대성(沈大成, 1700-1771)163)은 「호승집 시초서(胡繩集詩鈔序)」에서 범곤정의 시를 "경물에 마음을 두고 성정을 서사한 시편이 매우 많아 봉묘(峯泖)사이에서 회자되고 오회(吳會)까지 점차 파급되어 지금까지도 그것을 말하는 이가 여전히 많다(留連景物, 抒寫性情, 篇什繁富, 膾炙峯泖間, 駸駸播於吳會, 至今猶多道之者)"라고 평해 그녀 시의 성취가 돋보임을 강조했고, 그 뒤에는 "부인의 시는 특히 고시에서 뛰어남을 보였는데 5언은 원래 악부에서 근원하니 성정이 넘쳐흘러 진송육조(晉宋六朝)의 유풍(遺風)을 얻었다(夫人之詩, 尤

---

160) 陳繼儒: 명대문학가로 字는 仲醇이며 號는 眉公 혹은 麋公이라한다. 華亭(上海, 松江)사람이다. 諸生으로 29세에 유가의 衣冠을 불태우고 小昆山에 은거하였다. 후에는 東佘山에 지내면서 杜門하고 著述하였다. 시문에 능했고 書는 蘇軾과 米芾을 본받았고 회화에도 능했다. 여러 번 황제의 부름을 받았으나 늘 병을 핑계로 사양하였다. 서화집으로『梅花册』, 『雲山卷』 등이 전하며, 저술로 『妮古錄』, 『陳眉公全集』,『小窗幽記』등이 전한다 。

161) 徐淑: 東漢의 여 시인으로 秦嘉의 처이다. 부부의 금실이 좋아 남편이 병사한 뒤에 개가하지 않고 수절하다 죽었다. 그녀의 작품으로 「答秦嘉詩」一首와 答書 二篇이 전한다.

162) 이 글은 光緒五年(1879) 9세 孫 胡公壽『胡繩集詩鈔』를 펴내며 그 序에 쓴 "卷首有范長白允臨, 及陳眉公繼儒二序. 每詩又加眉公朱印評語. 二翁署年, 皆八十有二."라는 글로 알 수 있다.

163) 沈大成: 字가 學子이며 號는 沃田으로 江蘇 華亭人이다. 諸生으로 시와 古文에 능했고 博聞强識하였다. 다수의 經史書를 校定했고『學福齋集』58권을 저술하였다. 『清史列傳』에 그의 傳이 전한다.

長于古, 其五言原本樂府, 而聲情橫溢, 得晉宋六代之遺.)"라고 말해 5
언 고시의 성취를 제기했고, "그녀의 7언 장편은 위로는 포조(鮑照)를
종(宗)으로 하고 아래로는 장적(張籍)과 왕건(王建)164)을 본받아 세상사
에 강개하고 무용(武勇)에 격앙함이 진풍(秦風)지역의 노래에 가깝다.(其
七言長篇, 上宗鮑明遠, 下亦規仿張王, 其慷慨時事, 激昂用壯, 庶乎秦
風之版屋)"라고 평해 그녀의 7언 고시가 포조를 근간으로 장적, 왕건의
영향을 받아 상란(喪亂)의 강개를 읊은 진풍에 가까운 풍격임을 부연하
였다. 이에 그녀가 특히 고시(古詩)에 능할 수 있었던 것은 자신의 시가
수양을 바탕으로 전화(戰禍)가 그치지 않는 당시 사회의 모순과 부조리
를 고발하려는 강렬한 의지를 보인 때문이다.

　또한 심대성은 범곤정 시의 주된 경향을 "그녀가 남편을 오래도록 그
리워하며 누대에 올라 멀리 바라봄에 이르러, 남편이 산위에 있다는 말
과 밝은 달 뜬 속에 돌아온다는 말이 늘 많게 쓰인 것은 명대(明代)의 법
제에 매년 배로 동남에 곡물을 운송함에, 속관이 백성을 거두면서 마을
과의 내통으로 좌천되어 다시 오랜 세월을 행역한 때문이다. 그녀의 시
를 읽으면서 그녀의 뜻에 슬퍼짐은 바로 「권이(卷耳)」, 「여분(汝墳)」의
그리움이 있어서다.(至其永懷所天, 登樓望遠, 恒多藁砧山上之辭, 明月
刀環之句, 蓋由明制 歲漕東南, 粟官收民, 兗閭左踐, 更經年行役. 讀
其詩而哀其志, 其有「卷耳」、「汝墳」之思乎)"라고 말해 그녀의 시가 성향
을 살피게 하였다. 하지만 청초(淸初) 주이존(朱彛尊, 1629-1709)은『
명시종(明詩綜)』에서 범씨의 이 같은 영회시를 선록하지 않고, 칠률(七
律)「제연우루도(題煙雨樓圖)」 1수만을 수록한 것은 아마도 그녀의 시
가에 대한 평가 기준이 서로 다른데서 기인한 듯한데, 아마도 독창성이
선록의 기준이 되었을 것이다.

　『호승집시초』 앞면에는 진계유와 범윤림 두 사람의 「서(序)」, 그리고

---

164) 王建(767?-830?): 일생토록 미천한 관리로 지내며 빈곤한 생활을 하였다. 사회현실
　　에 참여하면서 백성들의 고초를 이해하게 되어 대량의 우수한 樂府詩를 지었다.
　　그의 악부시는 張籍과 명성을 같이하기에 세칭 "張王樂府"라 한다 저술로『王司馬
　　集』이 전한다. 특히 부녀가 멀리 떠난 남편을 그리워하는 「望夫石」, 「精衛詞」 등은
　　굳건한 애정과 피압박자의 투쟁정신을 노래하였다.

청대 송강(松江)사람 심대성의 「서」가 있고 그 다음으로 9세손 호공수(胡公壽)가 광서(光緒) 5년(1879) 기묘년(己卯年)에 붓으로 쓴 「서」가 있다. 호공수의 「서」는 가제(家弟)인 공번(公藩)이 건륭(乾隆) 초년(初年)에 중각(重刻)한 『호승집시초』를 다시 동인(同人)에게 나눠주기 위해 광서(光緒) 5년 윤(閏)3월에 중각한 이유를 언급하고 있다.165) 이 글은 응당 제일 뒤에 실어야 하는데 범윤림 「서」 뒤에 두었기에 혼동하기 쉽다. 이 시초 맨 뒤에는 증손 호유종(胡維鐘)166)의 발(跋)이 있는데, 이 발은 『호승집』이 전해지지 않았기에 그가 수년에 걸쳐 증조모인 범곤정이 남긴 고금체시(古今體詩)를 찾고 구해 상, 중, 하 3권을 1책으로 묶고, 심대성 서(序)를 부쳐 『호승집시초』란 시집명으로 청(淸), 건륭(乾隆) 을유년(乙酉年, 1789)에 천유각(天遊閣)에서 간행한 연기(緣起)를 기술하고 있다.

호유종(胡維鐘) 발(跋) 중에 "망국(亡國) 시기 소주(蘇州) 범윤림 선생이 선각한 것이 10중 6, 7에 불과함은 빈번한 재난에 연잇고 판각한 것이 전란에 훼손되어서이다. 백년 이래로 흩어져 없어진 것을 수집하고 유실된 것을 찾아 보존한 것은 겨우 10중 3, 4일 뿐이다.(勝國時吳中, 范長白先生選刻者, 什之六七, 洊更喪亂, 版毀兵火. 百年以來, 捃拾散亡, 搜求遺佚, 令存者, 僅什之三四矣.)"라는 기록이 보이며 이어 쓴 "지금 다행스럽게도 여러 해에 걸쳐 자질구레한 것들을 모아 차례대로 배열해 서질(書帙)이 되었기에 인쇄인에게 주어 책이 전해지기를 바라게 되었다. 하지만 교목(喬木)이 있지 않으니 마시는 나무잔이 어디에 있겠는가? 마치 실처럼 끊어지려는 줄기를 어루만지며 수없이 많은 것에서 하나를 주웠으니 비적(秘籍)으로 저장한 서고(書庫)의 좀 먹은 서간 같고, 많은 재난에 남겨진 재와 같아, 아득하기가 숲 아래의 강풍(强風) 같고

---

165) 이 시집은 光緒 4년(1878)겨울 범곤정의 9세 손인 胡公藩1)이 松江 故家에서 『호승집시초』를 찾게 된 바, 좀은 먹었다 해도 문자는 결손되지 않아 光緒 5년(1879) 閏3월에 乾隆 연간 天游閣 판각을 다시 인쇄 출간하게 되었다. 그는 출간하며 "苟他日硏田稍潤, 當以原集依式重鐫, 幷擬將省庵先生(胡維鍾) 未刻『北遊草』附於後."라고 술회하였으나, 필자는 아직 光緒本을 구하지 못했기에 『北遊草』를 접할 수 없었다.

166) 號는 省庵으로 光緒『松江府續志』권 31 쪽에는 維勛으로 기록됨 .『茸城雜憶』2쪽 楊坤이 기술한 "『胡繩集』과 嘯園"의 기록에 의거함.

미세하기가 바다 속 붓글씨 와 같다. 다만 한탄하며 울면 슬픔만 생기고, 깊게 생각하면 순식간에 예민함만 더할 뿐이다.(今幸薈蕞積年, 排纘成帙, 得付梓人, 冀垂來葉. 然而喬木靡存, 梧棬何在. 撫墜緒其如絲, 掇什一於千百, 比諸羽陵蠹簡, 賢刼餘灰, 邈林下之高風, 宛海中之點墨. 抑亦愾僾生悲, 俯仰增感也已.)"라는 기록은 『호승집시초』 3권이 범곤정 작품의 극히 적은 일부임을 살피게 한다.

2. 범곤정 시가의 창작배경

만명(晩明) 시기 강남 지역은 경제가 번영했기에 사대부들은 음영하기를 서로 좋아하여 기이함을 다투었으니, 그 유풍이 규각에 이르렀다. 특히 이 같은 문풍의 성행은 명말 복사(復社)와 기사(幾社)의 출현에서도 찾을 수 있으니, 바로 "이때가 되어 태창의 장씨 형제가 복사(復社)를 일으키니 우리 군 진황문의 기사가 그것을 이어 유풍이 입혀져 마침내 규각에 이르니 육경자, 서원, 심의수와 그녀의 딸 엽환환, 엽소란 모두는 거기에 뽑힌 이들이다(當是時, 太倉張氏兄弟興復社, 而吾郡陳黃門幾社, 繼之流風所被, 遂及閨閣, 陸卿子, 徐小淑, 沈宛君, 與女葉昭齊, 瓊章姉妹, 皆其選也.)"[167]라는 기술이 바로 그 단서이다. 따라서 범곤정 시는 소주(蘇州)의 육경자(陸卿子), 서원(徐媛, 字 小淑, 1560-1620), 심의수(沈宜修, 字 宛君, 1590-1635), 엽환환(葉紈渙, 字昭齊,1610-1632), 엽소란(葉小鸞,字瓊章,1616-1632) 등과 같은 여류 시인의 영향 아래 창작되었음을 알 수 있다.

특히 범곤정은 종조모인 서원(徐媛 1560?-1620)의 시를 애호했기에 그녀가 쓴 주제나 풍격에 다소의 영향을 받았을 것으로 유추된다. 따라서 범곤정이 시작활동을 한 시기는 서원의 생년보다 40-50년 뒤인 1600-1610년 전후로 추정할 수 있다.

167) 沈大成「호승집시초서」 참조

한편 청(淸) 왕단숙(王端淑)이 강희(康熙) 6년(1667)에 청음당(淸音堂) 각본으로 낸 『명원시위초편(名媛詩緯初編)』에서는 범곤정의 시 2수 「추야(秋夜)」와 「춘규효월(春閨曉月)」168)을 선록하고는, 소주(蘇州) 사람이라고 소개했으나, 청(淸) 운주(惲珠)가 편찬하여 도광(道光) 11년(1831)에 홍향관(紅香館) 각본으로 낸 『국조규수정시집(國朝閨秀正始集)』에서는 그녀의 「정녀시(貞女詩)」 1수를 선록하면서 강소(江蘇) 화정(華亭) 사람이라고 표기해 기록이 상이(相異)함을 보였기에 그녀의 주된 거처를 살필 길이 없다. 단지 그녀가 시집간 제생(諸生) 호란(胡蘭)의 집안이 소주에 있지 않았을까 유추할 따름이다. 따라서 그녀는 이 두 지역을 왕래하며 생활했을 것으로 추측할 수 있다. 그녀의 시편에는 거의 지명이 제기되지 않는데, 절구에서만 "소원(嘯園)"과 "오문(吳門)"이란 지명이 자주 등장하기에 이를 근거 삼을 만하다. "소원(嘯園)"은 「유소원부(游嘯園賦)」 병서(幷序)에서 다음과 같이 소개되고 있다.

"소원은 돌아가신 증조(曾祖) 방백공(方伯公169)(范惟丕))께서 직접 만드신 정원이다. 지금까지 100여년이 되었는데 아버님께서 집에 계시면서 좀 한가하실 때마다 항상 이곳을 노니셨다. 나도 역시 일찍이 여기에서 책을 읽곤 했으니, 누대 있고, 전각 있고, 연못 있고, 다리 있고, 정자가 있다. 비록 땅은 몇 이랑 안 되었지만 하늘로 오르는 고목들이 수십 그루 있어, 긴 여름엔 그늘에 의지할 만하였다.…… 책상에 기대어 책을 음미하다가, 바위산에 기이한 모습이 모임을 멀리 바라보았다. 진실로 부귀를 버리고 왕공(王公)을 업신여길 만 했기에, 이에 부를 지어 그것을 기재한다."170)

곧 소원은 증조 범유비(范惟丕)가 세운 정원으로 범씨가 문학적 소양

---

168) 이 시는 "小院沈沈夜, 梨花滿藥欄. 朱簾光欲曙, 角枕漏初殘. 夢到關山遠, 情深隴水寒. 淸閨久寂寞, 孤影伴芳蘭."으로 『胡繩集詩鈔』에는 보이지 않는다. 胡維鐘이 편찬할 때 빠트린 듯하다.

169) 方伯(방백): 명청대(明淸代)에 포정사(布政使)를 모두 방백이라 칭하였다. 방백공은 范惟一로 江西布政使를 지냈기에 방백이라 칭하였다. 그는 후에 南京太僕寺卿을 지냈기에 沈大成의 『호승집시초』序에 "夫人系出文正, 爲太僕中方曾女孫, 孝廉君選子女子, 而大叅長白之從女孫"라는 기술이 보인다.

170) 「游嘯園賦」幷序: 부록을 참조할 것.

을 키우는데 큰 도움을 준 정원임을 알 수 있다. 또한 범유비는 바로 범윤림의 부친으로 북송 범중엄(范仲淹, 989-1052)의 17대손이었으니 범씨의 세가(世家)가 권문세족이었을 뿐 아니라, 소원은 그녀가 시집가기 전에 살던 화정(華亭)에 있었음을 살필 수 있다. 이러한 생활환경과 종조모 서원의 시풍은 그녀가 시가 창작 생활을 즐기게 된 계기가 되었음을 짐작할 수 있다. 또한 "오문(吳門)"이란 지명은 소주로, 「동일오모씨주박오문감부(冬日同母氏舟泊吳門感賦)」 2수에서만 보일 뿐, 소주(蘇州)이외의 지역에서는 쓴 시가 없기에, 남편을 따라 여러 곳으로 여행하면서 견문을 넓혔던 서원의 시와는 그 제재나 풍격이 다를 수밖에 없었음을 알 수 있다.

『호승집시초』맨 끝에 첨부된 부(賦) 2수 중「춘규몽리인부(春閨夢裏人賦)」의 말미에 보이는 "가지 위의 꾀꼬리 갑자기 슬프게 울어 꿈 깸을 한스러워 하네. 누가 믿었으랴! 남편은 돌아오지 못하고, 강가에서 백골이 썩어 감을!(恨枝上之黃鳥兮, 忽哀啼而夢殘. 誰信! 良人之不反兮, 朽白骨於河干.)"이라는 단락은 남편이 상란(喪亂) 중에 전사했음을 짐작케 하는 단락으로, 범씨가 거의 반생을 홀로 지내면서 느낀 외로움이 시가 창작의 주된 배경이 된 점을 살필 수 있다.

3. 절구의 주제와 성취

『호승집시초』권하에는 5절 34수, 7절 36수가 수록되었기에 모두 70수의 절구가 전해진다. 범씨 절구의 주제는 다양하나, 남편과의 별정(別情)을 쓴 시가 최다수로 20수를 점한다. 이 시들은 별회(別懷), 사부지원(思婦之怨), 남편에 대한 그리움으로 구분할 수 있다. 그 다음은 애상류(哀傷類)로 18수를 점함으로 별정(別情) 다음으로 많다. 이 시들은 애상시(哀傷詩) 10수, 도망시(悼亡詩) 2수, 무료, 적막, 고독을 읊은 시 6수로 세분할 수 있다. 따라서 별정이나 애상과 같이 비조(悲調)를 보인 절구는 모두 38수이기에 그녀 절구의 절반을 넘게 된다. 그 다음은 차경서

정시(借景抒情詩)로 사경(寫景)과 절후(節候)에 관한 시는 각기 10수와 8수이기에 모두 18수가 된다. 그 다음은 탁물언지(托物言志)한 영물시 6수가 있고, 즉사서회(卽事抒懷)한 8수가 있으니, 즉 소원생활(嘯園生活)의 낙취(樂趣)를 읊은 3수, 연정(戀情), 세간의 진환(世間之眞幻), 품차(品茶)의 운취(韻趣), 소부(少婦)의 수삽(羞澀), 학서(學書)의 즐거움 등을 읊은 5수가 이에 해당된다. 따라서 범씨 절구의 주된 주제는 별정과 애상임을 알 수 있다. 범씨 절구 중에는 특히 소원(嘯園)171)을 배경으로 한 16수의 시가 있기에 친정집 소원은 절구 창작의 주된 장소였음을 알 수 있다.

범씨 절구는 상별(傷別)과 애상(哀傷)을 주된 주제로 하였다. 곧 사부(思婦)의 그리움이나 남편에 대한 원망을 쓴 절구가 이에 해당되는데, 그녀가 이 같은 시를 위주로 쓴 것은 유가의 전통적 가치에서 벗어날 수 없었던 때문이다.

범씨 절구 중 차경서정시(借景抒情詩) 또한 애상의 정조를 벗어나지 못하는데 영물시 중의 「보허사(步虛詞)」, 「추천(鞦韆)」, 「매화(梅花)」 등은 수심과는 무관한 선취(仙趣)를 드러내어 경쾌한 정조를 보였기에 주목할 만하다.

한편 즉사서회시(卽事抒懷詩)는 모두 8수지만 거의 즐거움이나 여유로움, 동경(憧憬) 등을 술회했기에 다른 시가에서 보인 애상의 정조와는 상이(相異)하다. 이 절구들이 언제 쓰였는지는 확인할 길이 없지만 그녀의 또 다른 시 세계를 살필 수 있기에 매우 소중하다. 이 시들은 청순(淸純)함을 보였기에 그 성취 또한 과소평가 할 수 없다. 즉사서회(卽事抒懷) 방식으로 쓴 「우후(雨後)」는 변화무쌍한 자연 현상으로 인간의 욕망이 허무함으로 일깨운 절구로 범씨의 인생관을 드러낸 유일한 작품이다. 이 절구의 사상 내용은 고시(古詩) 「백저사(白苧詞)」, 「형(螢)」, 「탈포삼(脫布衫)」 등에서 보인 관점과 일맥상통한다. 범씨는 유가에 충실한 삶을 살면서도 이를 몸소 실천해야 하는 부담이 있었기에 그녀의 시가에

---

171) 「范壼貞 詩歌文學의 成就」, 『중국어문학지』 제 40집, 2012. 9, p.38 「游嘯園賦」幷序 참조.

반영된 인생관은 노경에 터득한 철리에서 기인했을 것임을 짐작할 수 있었다.

특히 그녀의 절구에는 숭덕(崇德), 세태풍자(世態諷刺), 인생관묘사를 비롯한 제화시는 겨우 몇 수가 있는데, 이런 주제는 절구로 써내기가 용이하지도 적절하지도 않았던 때문이었을 것이다.

문학적인 수양이 깊었던 범씨는 주로 당인(唐人)의 절구를 학습함으로써 자신의 불우와 인정을 기탁한 절구를 써 성취를 보일 수 있었다. 심대성(沈大成)은 특히 그녀의 고시(古詩)를 높이 평하면서 절구의 성취를 논하지 않은 것은 명대 여성시인으로 절구에 능하지 않았던 이는 없으나 고시에 능한 여성이 많지 않았던 때문이었을 것이다. 이러한 맥락에서 보면 범씨 절구는 고시나 율시에 가려져 제대로 평가 받지 못했다는 생각이다. 따라서 범씨 절구에 대한 상세한 연구로 그 평가가 새로워지길 바란다.

4. 남은 말

범곤정과 그녀의 시집 『호승집시초』에 대한 연구로는 이 글이 처음일 것이다. 우선은 그녀나 그녀의 남편 호원생(胡畹生)에 관한 기록을 구할 수 없기에 적절한 주해(註解)를 바탕으로 폭넓게 분석[172]을 할 수 없었던 점이 안타깝기만 하다. 기회가 되는대로 화정(華亭)으로 가 『송강부지(松江府志)』 중의 범씨가(范氏家)에 대한 자료를 찾을 수 있기를 희망한다.

이 글과 작품 해제는 『호승집시초』 앞면에 열거된 진계유, 범윤림, 심대성 3인의 서(序)와 후손 호유종(胡維鐘), 호공수(胡公壽)의 출판 연기(緣起)가 없었다면 작성이 불가했을 것이다. 이 글들은 범곤정의 생활환경이나 위인됨을 바탕으로 시가 성취를 언급했기에 그녀 시를 주제별로

---

172) 참고 淸, 乾隆 天遊閣 刻本 『胡繩集詩鈔』3卷, 上海圖書館.

나누어 그 면모를 살피려는 필자에게 큰 도움을 주었다.

　범곤정은 시재가 뛰어난데다 감성이 풍부하였기에 생활 반경이 넓지 않았어도 아름답고도 감동적인 수많은 시를 쓸 수 있었다. 특히 남편의 잦고도 오랜 외유(外遊)나 전사(戰死)는 그녀에게 수많은 사부시(思婦詩)와 별리시(別離詩)를 남기게 하였고 대대(代代)로 물려진 친정 화정의 그윽한 소원(嘯園)은 계절에 따라 시정(詩情)을 일으키게 하여 아름다운 절후시(節候詩)를 쓸 수 있게 하였다. 또한 그녀의 종조모(從祖母)인 서원(徐媛)은 소주(蘇州)의 저명여류시인 육경자(陸卿子)와 같이 오문양대가(吳門兩大家)로 칭송되었기에 범씨는 그러한 영향 하에 더욱 격조 높은 시가를 쓸 수 있었다. 더욱이 서원(徐媛)이 쓴 『훈자(訓子)』는 그녀에게 유가적 관념과 도리를 전수 할 수 있었기에 유가의 덕을 숭상하는 다수의 시가를 남길 수 있었다.

　범씨는 남편과 원만한 생활을 할 수 없었던 데다, 사별로 더더욱 홀로 살아야 했던 불우가 그녀를 시 세계로 몰입시켰으며 또 이러한 불우를 극복함으로써 곱고도 감동적인 작품을 남기게 했으니, 이는 결코 우연이 아님을 알 수 있다. 특히 남편과 자연을 사랑하며 고상한 삶을 살면서 감동적인 시를 남긴 범씨에 대한 연구와 평가가 연이어지기 바란다.

명대여성작가총서⑩호승집시초·하권
··
바람 받으며 비취빛 마름 당기고
달빛 좇아 푸른 다슬기 씻네

지은이 ‖ 범곤정
옮긴이 ‖ 이종진
펴낸이 ‖ 이충렬
펴낸곳 ‖ 사람들

초판인쇄 2014. 6. 20 ‖ 초판발행 2014. 6. 25 ‖ 출판등록 제395-2006-00063 ‖ 주소 경기
도 파주시 탄현면 갈현리 668-6 ‖ 대표전화 031. 969. 5120 ‖ 팩시밀리 0505. 115. 3920
‖ e-mail. minbook2000@hanmail.net

ISBN 979-11-85501-04-8 93820